(기적의 힘은커녕 여신님의
할것인 『하늘의 배』까지
려줘 놓고서…….)
마 『약속』인 게 아닐까
어……. 알면서도 모르는
하고, 다른 사람한테는
코 말해서는 안 된다는 건
화나 동화 속의
석이잖아…….)
((듣고 보니…….))))

(얘, 미네.
카오루 님이
무슨 생각을
하고 있는
걸까…….)
(본인들이 그토록
여신님이라는 걸
팍팍 과시해놓고서
여기서 일할 생각이
있는지 묻다니…….
어째서 그런
뻔하디 뻔한
무의미한 걸
묻는 거야?)

"응? 뭐라고 했어?"

"""""아뇨, 아무 말도!"""""

CONTENTS

POTION
DANOMI
IKINOBI
MASU

포션빨로 연명합니다! 8

Author **FUNA** Illust. 스키마 옮김 **박춘상**

DESIGN:
MUSICAGOGRAPHICS

제62장 본거지(리틀 실버)로 귀환

돌아왔다.

응, 순식간에.

지금껏 여행하는 데 써왔던 시간은 대체 뭐였을까…….

아니, 그렇다고 앞으로는 이 배를 타고서 여행을 다녀야겠다고 생각한 건 아니다.

시간에 제한이 있다면 모르겠지만, 우리는 제약이 없으므로 낭비되는 시간을 악착같이 절약해야 할 필요가 없었다. 절약은커녕 『진행되는 경과와 낭비되는 시간을 느긋하게 즐기는 쪽』으로 방침을 정하는 편이 좋겠지.

시간은 있다. 시간은 있으니까…….

이번에 이 배를 이용한 이유는 짐짝 같은 인간들을 옮길 만한 수단이 없었고, 얼른 일을 마치고서 쿄짱과 느긋하게 회포를 풀고 싶어서였다. 그리고 어서 아이들을 전에 살았던 고아원으로 돌려보내서 쉬게 해주고 싶었다.

현재 그 탑재정은 자동 조종으로 정지 위성 궤도에 오른 듯했다. 사전에 함재 컴퓨터에 지시를 해뒀고, 손목시계형 통신기로 탑승하지 않더라도 어느 정도는 조작할 수 있다는데…….

인근 바다에 숨지 않고, 굳이 정지 위성 궤도에 올라간 이유는 역시나 바닷속에 숨으면 선체에 좋지 않을까 쿄짱이 우려해서인 듯했다.

제아무리 튼튼하고 완전히 밀폐된 선체일지라도 추진기 부분에 어떤 영향이 가해질지 알 수 없고, 또한 수압 때문에 문제가 벌어질 수도 있다. 우주와 바닷속은 조건이 너무나도 다르니까.

뭐, 개인적으로는 이런 물건이 바다에 빈번하게 드나들면 어획량에 영향을 끼쳐서 해산물 가격이 상승하지 않을까 걱정했기에 잘됐다. 원재료의 가격이 급등하면 가공업자는 큰 타격을 입으니 말이야…….

그리고 모함(母艦)으로 돌아가지 않고 그대로 꺼내둔 이유는 그래야만 유사시에 빠르게 불러들일 수 있다나 뭐라나? 시간 차가 얼마 나지 않더라도 그것이 생사를 가르는 경우도 있다면서.

……일단 나름 생각을 하고 있구나, 쿄짱도.

돌아가는 길에 살인미수범 리더에게 살짝 고문을 해봤다.

아니, 여신(세레스)의 관계자에게 싸움을 걸 만한 용사는 없을 줄 알았기에 마지막에 무슨 생각으로 돌격했는지 묻고 싶었거든.

그랬더니 『그 시점에는 사도님이나 마법사 중 하나일 거라고 생각했다. 그러나 사도님일 경우에는 이미 완전히 늦어버렸으니 다른 가능성, 다시 말해 마법사일 가능성에 도박을 걸었다. 그러면 어떻게든 타개할 수 있다는 희망이 있었으니까』라고 대답했다.

그야 뭐 그런가…….

밑져야 본전이라는 심정으로 승리할 수도 있는 희박한 가능성에 도박을 건 행위 자체는 잘못이 아니었다.

잘못은 그런 상황에 내몰리기까지 그들이 걸어왔던 삶의 방식이지.

그리고 그들에게 단단히 입단속을 해뒀다. 마법(여신의 힘)과 『하늘의 배』에 관한 부분만.

그 부분은 단순히 함정에 빠져서 붙잡힌 것으로 증언하라고 했다.

응, 뭐, 지금은 우리를 『여신과 사도님 일행』이라고 여기고 있으니 명령에 거역할 리는 없겠지.

미수범이니 운이 좋다면 기한이 정해진 범죄노예형을 받고 넘어갈 가능성이 충분했다.

그런데도 일부러 여신의 분노를 사서 현세에도, 그리고 사후에도 지옥에 떨어져 신세를 망치고 싶어 하는 자는 거의 없겠지.

그리고 현재 우리는 탑재정을 『리틀 실버』 근처에 착륙시킨 뒤 내려왔다. 그리고 살인미수범들을 데리고서 마지막 수백 미터를 도보로 이동했다.

역시나 집 바로 옆에 내릴 수는 없었다. 만에 하나 누가 봤다가는 큰일이 날 테니까.

자, 집에 돌아가면 아이들을 레이코와 쿄짱에게 맡기고서 나는 살인미수범들을 영주님 앞으로……. 음, 여자의 가느다란 팔로 저 녀석들을 끌고 가는 건 힘들겠네.

……좋아, 영주님에게 사람을 보내서 호송 인력을 보내달라고 요청하자. 면회 약속도 잡을 겸.

그런데 아이들에게 지하실이나 욕실에 관해 즐겁게 설명하고 있는 미네를 보낼 정도로 나는 악귀가 아냐. 집에 도착하는 대로 현장을 실제로 보여주면서 사용법을 가르쳐주고 싶다고 별렀거든.

좋아, 영주님에게는 레이코를 보내도록 하자.

아!

그러고 보니 돌아오면서 미네를 샀던 상인의 현 상황을 확인할 작정이었는데, 쿄짱의 배를 타고서 곧장 돌아오고 말았다.

그쪽도 마법으로 어떻게든 스스로는 지킬 수 있는 레이코에게 부탁할까? 아마도 신체 강화 마법이나 가속 마법 같은 게 틀림없이 있겠지.

……역시 전이 마법 같은 건 안 된다고 했으니까.

특정한 이차원(異次元) 공간과 이어지는 문을 달아놓기만 한 아이템 박스 정도는 상관없지만, 『시공간에 왜곡을 유발할 가능성이 있을 만한 것』은 안 된다고 세레스가 당부했다나.

뭐, 당연하겠네.

어쨌든 레이코는 호신 능력과 자기 방어 능력이 가장 뛰어나서 단독행동에 적합하거든.

나는 기습이나 날렵한 적에게는 무력하고, 쿄짱은 배가 없으면 거의 일반인이다. 우리 셋 중에서 무리한 일을 수행할 수 있는 사람은 역시나 레이코겠네…….

……그런 생각들을 하면서 걸으니 드디어 집 현관에 도착했다. 그런데 문에 무슨 쪽지가 붙어 있었다. 그것도 여러 장이나…….

첫 번째.

『침입자를 포박했다. 돌아오는 대로 경비대 본부에 올 것.』

두 번째.

『해독약을 갖고서 급히 경비대 본부로 올 것.』

세 번째.

『도적이 반쯤 광란에 빠졌다. 즉시 올 것. 도적의 숫자는 넷.』

네 번째.

『당장 와라. 이 인간 같지 않은 악마야!』

……아니, 어째서 우리를 악당 취급하는 거야?

아, 네 번째 쪽지는 종이의 질이 달랐다. 사용한 필기구도 다르고, 다른 세 장과 달리 글씨도 난폭하고 더러웠다.

이거 쓴 사람이 다르구만. 다른 세 장은 경비대 사람이 쓴 것 같은데, 네 번째 쪽지는 범인의 동료나 가족이 썼나?

그런데 그토록 지독한 사태가 벌어졌나? 그 독약 때문에…….

뭐, 죽지는 않겠지. 그리고 손발이 썩어 들어가도록 보일 뿐 실제로는 썩지는 않도록 해뒀으니 그쪽은 그리 서두르지 않아도 될 거다. 우선은 성가신 살인미수범들을 후다닥 정리하여 짐을 털어내도록 하자. 이 녀석들이 있으면 자유롭게 움직일 수가 없다. 그러므로…….

"레이코, 미안하지만 영주 저택에 가서 이 녀석들을 인수할 인원을 데려와 줘. 영주님한테는 추후에 설명하러 갈 테니 일정을 지정해달라고도 전해주고."

"라저!"

그 후에 나는 아이들을 현관 앞에 잠시 기다리게 한 뒤 급히 방범 설비를 해제하러 돌아다녔다…….

그리고 레이코가 영주 저택에서 데려온 여덟 병사들의 지휘관이 나를 보자마자 영주님의 전언이라며 이렇게 말했다.

『일단 해독약을 갖고서 당장 경비대 본부로 가라! 인간의 마음이 있다면…….』

아니, 나를 얼마나 사악한 존재로 보는 거냐고…….

＊＊

그리고 나는 혼자서 경비대 본부에 얼굴을 비췄다. 내 눈앞에 팔다리가 거뭇하거나 변색됐거나, 혹은 징그럽게 보라색으로 부어서 당장에라도 썩어 문드러질 것 같은 도적들의 모습이 있었다.

……아니, 그렇게 보일 뿐 실제로는 썩지 않았거든요.

격통에도 시달렸을 네 도적들은 더 내뱉을 비명도, 더 흘릴 눈물도 다 말라버렸는지 유치장의 조악한 판자 침대 위에서 포박당

한 채로 그저 몸만 꿈틀꿈틀 경련하고 있을 뿐이었다.

그들을 침대에 묶어둔 이유는 격통을 견디다 못해 발광을 해서 인지, 아니면 부풀어 오른 팔다리를 마구 긁지 못하도록 막기 위해서인지 모르겠다. 아니면 썩은 팔다리가 떨어져 나갈까 우려했나…….

의식도 흐리멍덩한지 해독약을 건넸는데도 자력으로 마시지 못하는 듯했다. ……팔도 묶여 있으니.

"……아~. 입을 벌려서 이걸 억지로라도 먹이세요. 그리고 이건 환부에 뿌리고……."

내가 말을 채 마치기도 전에 경비병이 가방에서 꺼낸 포션 용기를 빼앗아 침대에 묶여 있는 도둑들에게 달려갔다.

응, 범죄자가 아니라 피해자로 취급받는구나, 저 녀석들…….

역시 내가 악역이냐, 젠장!

＊＊

"악귀냐!!"

도둑들을 포션으로 치유해주고서 그대로 돌아가려고 했더니 경비병이 나를 영주님 곁으로 데려갔다.

……그리고 영주가 맨 먼저 선사한 말이 그것이었다.

빈집을 지키기 위해 방범 설비를 설치했고, 친절하게도 일부러 경고문까지 붙여뒀다. 또한 해독약의 존재까지 알려줬다.

도둑을 상대로 그토록 배려를 해줬건만, 그 입에서 나와야 할 말이 그거냐!

"……아, 아니, 말이 조금 지나쳤다. 미안, 용서해라!"

내가 조금 발끈한 걸 눈치챘는지 영주님이 황급히 얼버무렸다.

조금 거들먹거리는 말투이긴 했지만, 이런 형태의 사회에서 귀족, 그것도 영주님이 평민 소녀에게 그렇게 말했으니 이 나라 사람들에게는 아마도 놀랄 만한 일이겠지. 어쨌든 일단 『사죄』이니까……

주변에 있는 사람들이 몹시 놀랐는지 얼굴이 굳어버렸다.

실은 내 태도가 방자하다고 호되게 야단치고 싶었겠지. 그러나 영주님의 말을 자르거나, 영주님이 기껏 사죄했는데 옆에서 끼어들어 헛수고로 만들 수도 없는 노릇이겠지. 모두들 입만 뻐끔거릴 뿐 아무도 목소리를 내지 않았다.

뭐, 당연한가? 자칫 큰일이 벌어질 테니까.

"……그래서 어떻게 됐나?"

"예, 세 고아들은……"

내가 설명하기 시작하자…….

"아니, 그쪽 말고 도둑들 말이다!"

그렇게나 도둑들이 걱정되냐! 무슨 멸종위기종이나 귀여운 애완동물이냐! 고양이냐, 손에 올려놓고 애지중지하는 문조(文鳥)냐!!

……설마 영주님의 수하는 아니겠지!

"……해독약을 먹었고 환부에도 치료약을 뿌려서 지금은 통증

15

도 멎었고 붓기도 급속도로 잦아들고 있어요. 내일 아침에는 붓기만 살짝 남아 있을 겁니다."

응, 물론 순식간에 치료해버리면 이상하게 비칠 테니 조금씩 꾸준히 낫도록 해뒀다.

"그러냐……."

영주님의 얼굴이 왠지 안도한 듯 보였다.

저 모습을 보아하니 그 도둑들에게 큰 벌을 내리지 않고 넘어가는 거 아냐? 『죗값은 이미 충분히 치렀다』라면서…….

왜냐고!

빌어먹을…….

뭐, 그건 이미 됐다.

이번에는 도둑들만 치료하고서 돌아갈 작정이었는데, 이렇게 영주님과 만났으니 전부 보고해야만 하겠지. 뭐, 한꺼번에 해치우면 편리해서 좋긴 한가.

**

"뭐라고……. 잘했다!!"

난감한 부분은 적절히 생략하고 수정하여 이리, 프리아, 류시를 탈환했음을 설명했다. 물론 레이아와 쿄짱, 그리고 마법을 사용했다는 사실은 전면적으로 잘라낸 다이제스트판이었다.

"아이들을 되찾지 못했다는 분함과 미안함, 그리고 무력감으로 잠을 통 이루지 못했다. 그런데…… 그래, 그랬구나……."

영주님 같은 높은 사람이 몇몇 고아들 때문에, 더욱이 자신 때문에 죽은 것도 아니건만 그렇게나 마음 아파했다? 립서비스라고 해야 하나, 적당한 겉치레 아냐?

……어라? 근데 왠지 정말로 울먹이는 것 같은데?

호, 혹시 저 영주, 정말로 좋은 사람(바보)인가?

고아를 탈환하러 가겠다고 전했을 때도 유난히 달가워하는 눈치였는데…….

우리가 성공하든 실패하든 본인에게는 디메리트가 없다고 판단하여…… 아니, 그러고 보니 출발하기 전에 우리의 신분을 보증해주는 서류를 내줬잖아. 그거 우리가 악용했다면 상당한 디메리트가 발생했을 텐데.

조사할 때도 평민 소녀인 우리에게 꽤 잘 대해줬고…….

이거, 정말로 양호한 영주님이『당첨』됐는지도 모르겠다.

……그러나 나와 레이코가 어느 부잣집이나 귀족 가문의 딸이라고 생각하고서 겉으로만 서민을 옹호하는 영주인 척 연기하고 있을 가능성도 있겠네.

응, 나는 그렇게 간단히 속지 않는다구!

일단『정말로 좋은 영주일지도 모른다』라고 머리 한구석에 정리해두고서 종전대로 신중하게 처신하자.

뭐, 그래서 무사히 보고를 끝마친 뒤 철수했다.

　내일 건어물이나 말린 고기, 『브랜디 같은 맛과 향기와 성분을 지닌 포션』이나 보내줄까. 조금 통 크게 많이.
　일단 표면적으로는 『좋은 영주님』으로서 대응해줬으니 그 정도는 서비스해줘도 되겠지.

**

　"다녀왔어~. 어, 아무도 없어……."
　집에 돌아오니 사람의 모습이 보이지 않았다.
　뭐, 어차피 건물 내부를 탐험하고 있겠지. 아이들은 지하실, 레이코와 쿄짱은 더 아래에 있는 지하도와 비밀기지, 바닷속으로 통하는 탈출구 등을…….
　뭐, 그 부분을 대신 설명해준다면 앞으로 이야기하기가 쉬워져서 편하겠지.
　어디 홍차나 마시면서 쉬도록 할까…….
　오전에는 제각기 건물을 천천히 탐험하도록 놔두고 점심을 먹은 뒤에 설명회를 열까.
　그럼 점심밥을 차려볼까…….

**

"……그래서 우린 『리틀 실버』라는 상호로 장사를 하고 있어. 이제 여긴 고아원이 아냐. 그러니 너희들은 여기서 일하면서 생활하든지, 다른 곳에서 일하든지, 혹은 영주님께 부탁하여 다른 도시의 고아원에 들어가든지 마음대로 선택해도 좋아. 이 건물을 사들였던 인연으로, 그리고 미네와의 인연으로 너희들을 데리고 돌아오는 역할을 자청했지만, 여기서 강제로 일하도록 시킬 생각은 없어. 그런 짓을 했다가는 너희들을 부려먹었던 상점주들과 다를 바가 없으니 말이야. 우린 그럴 의도가 없어. 그러니 다 함께 논의하여 잘 생각하고서……."

"""여기서 일하겠습니다!!"""

"……어, 어어……."

내가 말을 마치기 전에 새로 들어온 3인조, 이리, 프리아, 류시가 입을 모아 말했다.

뭐, 그렇겠지.

미네가 이미 몇 시간에 걸쳐 여기가 어떤 곳인지 설명했을 것이다. 그렇기에 신원 보증인도 없는 열 살 미만의 어린애들이 일할 곳으로서 이곳의 조건이 얼마나 파격적인지도 깨달았겠지.

……또 아까 점심을 먹으면서 이곳의 식생활 수준이 어느 정도인지도 말이다.

그러니 이곳에서 살기로 택할 수밖에.

……크크크, 계획대로…….

이상한 생각은 일절 품지 않고 절대적인 충성심으로 일할 종

19

업원.

　더욱이 모두들 친한 사이에다가 단결심도 있으니 누군가가 혼자서 배신하거나 돈을 갖고서 도망칠 우려는 거의 없었다.

　더욱이 나와 레이코, 쿄짱은 외모가 어린애처럼 보이므로 섣불리 성인을 고용했다가는 우리를 우습게 보고서 횡령이나 빼돌리기, 탈취 등을 꾀할 가능성이 있다. 그래서 종업원으로 아이들만 뽑고 싶었지.

　더욱이 피붙이가 없는 아이들이 열심히 일하는 것은 기업의 이미지상 커다란 무기가 된다.

　우리를 적대하는 자는『무도한 인간』으로서 사회의 적 취급을 받겠지.

　후하하하하!

　그렇게 영리 기업『리틀 실버』는 경영진 셋과 종업원 다섯으로 본격적으로 영업 개시!

　해산물과 고기 가공품, 민예품, 완구, 아이디어 상품에 이어 과자도 만들어서 팔아볼까.

　그리고 작은 대장간을 세워서 품질이 뛰어난 금속 제품에도 영역을 넓히고 싶다. 탄소 함유량 등 관련 지식이 있으니 고성능 날붙이도 제작할 수 있을 것 같다.

　음음, 기업에서 가장 중요한 것은 바로『사람』이다.

　우리 전생팀 세 사람과 지역민팀 다섯 명. 이 멤버로 출세하는 거야!

……사실 그럴 생각은 없다.

다 함께 사이좋게, 즐겁게 살아가자.

……그리고 멋진 남자를 사로잡는 거야!

후후.

후후후후후…….

(얘, 미네. 카오루 님은 무슨 생각을 하고 있는 걸까…….)

(본인들이 그토록 여신님이라는 걸 팍팍 과시해놓고서 여기서 일할 생각이 있는지 묻다니……. 어째서 그런 뻔하디뻔한 무의미한 걸 묻는 거야?)

(기적의 힘은커녕 여신님의 탈것인 『하늘의 배』까지 보여줘 놓고서…….)

(아마 『약속』인 게 아닐까 싶어……. 알면서도 모르는 척하고, 다른 사람한테는 결코 말해서는 안 된다는 건 신화나 동화 속의 정석이잖아…….)

((((듣고 보니…….))))

"응? 뭐라고 했어?"

""""""아뇨, 아무 말도!""""""

"아, 그래?"

그리고 카오루는 앞으로 사업을

어떻게 전개할지 구체적으로 이야기를 해나갔다…….

제63장 사업 전개

"얼마나 기다렸는지 알아! 나 참, 손님들이 『그 건어물은 없냐』면서 어찌나 시끄럽다고……."

"죄송합니다! 하지만 종업원을 늘렸으니 앞으로는 생산량이 늘어날 겁니다!"

"오오, 그거 기쁜 소식이구만……."

"그리고 얘들이 새로운 종업원입니다. 납품할 때도 보낼 테니 잘 부탁할게요!"

"""잘 부탁합니다!!"""

미네와 아랄은 이미 안면을 텄기에 새로 들어온 세 아이만이 그렇게 말하고서 인사했다. 음음.

도시로 돌아온 지 사흘 뒤에 가공식품 판매를 재개했다.

재료를 준비하고, 또 새로운 멤버들을 교육시켜야 하니 이튿날부터 당장 시작하는 건 어렵다나.

오랫동안 자리를 비워 민폐를 끼쳤으므로 사과도 하고, 또한 생산량과 라인업을 늘릴 예정임을 설명하고자 나는 재개 첫날에 아이들을 데리고서 거래처를 돌아다녔다. 새 직원은 소개해야지. 앞으로는 아이들끼리 가게를 돌아다니도록 시킬 작정이니까.

쿄짱도 얼굴을 보이기 위해 동행했다. 그러나 경영자이므로 미소를 지으며 고개만 가볍게 숙였다.

역시 아이들처럼 힘차게 외치지는 않는다고.

그리고 판매 가능한 물량이 늘어났다는 점과 새로운 상품 라인 업을 설명한 뒤 개량품 및 신규 제품의 견본품(샘플)을 사과의 의 미로 무료로 제공했다. 그리고 다음 가게로.

표면상 우리와 거래하는 가게는 아직 얼마 되지 않는다. 그 정 도는 금세 돌아다닐 수 있다.

생산량이 늘면 거래처도 더 많아지려나?

**

"레이코, 부탁 좀 해도 될까?"

"……뭐?"

응, 레이코는 아무리 나나 쿄짱이 부탁을 하더라도 내용이나 조건을 듣기 전에는 승낙하지 않는다.

"미네랑 아랄을 부려먹었던 그 상점이 어떻게 됐는지 확인하고 와줬으면 해. 새삼스레 뭘 어쩔 생각은 없지만, 앙갚음으로 두 아 이한테 위해를 가하려고 든다면 큰일이니까. 아마도 류시를 샀던 가게와 상황이 똑같지 않을까 싶지만, 혹시 몰라서……."

"라저! 역시 『돌다리도 두들기며 부숴라』라는 말이 있지!"

"부수지 마! 네가 무슨 캐산(애니메이션 신조인간 캐산의 오프닝에 나 오는 나레이션을 변형한 말장난)이니!!"

나 참, 이 녀석은…….

"그럼 당장 다녀올게!"

레이코가 그대로 현관으로 향했다.

미안하지만, 이 역할은 레이코가 제일 적임이다.

나는 기습이나 날쌘 적에게 약하고, 이동 속도도 행을 타더라도 평범한 수준이다. 그리고 쿄짱은 배가 없으면 연약한 소녀에 불과하다. 그러니 레이코에게 단독 행동을 시키는 게 가장 빠르면서도 안전하지.

……적재적소.

레이코도 그 사실을 알아줬다. 그래서 나는 가벼운 마음으로 부탁했고, 그녀도 흔쾌히 수락해줬다.

응, 우리는 서로를 잘 아는 동지, 『KKR』인걸.

"부탁할게~!"

좋아, 그리고 다음은…….

"이리, 프리아랑 류시를 데리고 배달 좀 부탁해. 물품만 건네면 되고, 돈은 받지 않아도 돼. 편지를 동봉했으니 설명할 필요도 없어. 그냥 단순 배달이야. ……보낼 곳은 영주 저택."

"영주 저택에 물건을 보내는 건데, 어떻게 『단순 배달』인가요!!"

어머, 이리에게 혼났다…….

"아니, 뒷문을 통해 주방에 들어가 사용인한테 건네주고만 오면 돼. 정말로 단순 배달. 어린애 심부름이야."

"……."

이리는 아직 납득할 수 없다는 표정이었다. 뭐, 아무리 뒷문이라고 해도 고아가 영주 저택에 드나드는 것은 평범한 일이 아닌가?

잔반을 구걸하러 가는 것이라면 모를까, 다른 목적으로 영주 저택에 들어갔다가는 자칫 도둑으로 몰려서 감옥에 들어갈 수 있을지도.

……하지만 그것은『고아였을 때』이야기다.

지금은 모두 목욕을 시켜서 때를 빼고 광을 내놓았다. 평범한 옷도 입었다.

그리고 정식으로 사업소가 보낸 물품을 전달하기 위해 가는 것이니 아무런 문제도 없었다.

"괜찮아. 지금 넌『고아』가 아니라『사업소 리틀 실버의 종업원, 이리』니까. 그리고 날 대신하여 우리『리틀 실버』의 간판을 짊어지고서 방문하는 거니까. 만약에 트집을 잡는 사람이 있다면…… 그 녀석은 우리의『적』이야!"

"예, 알겠습니다!!"

이리가 자세를 척 고쳐서 직립부동 상태로 대답했다.

……기합이 바짝 들어갔구나…….

어쨌든 완전히 납득해준 것 같으니 됐어!

"그럼 다녀오겠습니다!"

"응. ……아니, 잠깐, 잠깐잠깐잠깐까아아아~안!!"

내가 만류할 새도 없이 이리가 뛰쳐나가 버렸다.

아니, 프리아와 류시도 데려가라고 지시를 내렸고, 애당초 물건도 아직 건네지 않았는데.

……뭐, 금세 알아차리고서 되돌아오겠지…….

**

그리고 예상대로 금방 되돌아온 이리에게 프리아와 류시를 붙여주고서 영주님에게 전하고자 준비해뒀던 물건 ……건어물, 육포, 절임, 다양한 술, 사탕 등을 비롯한 여러 진상품…… 을 건넸다.

아무리 어린애라고는 해도 셋이니 웬만한 짐은 들 수 있다. 영주님에게 보내는 진상품은 종류만 다양할 뿐 물량이 많지는 않으므로 셋이면 충분하다.

"아, 신참들만 가면 우리 사업소 직원인지 모를 테니 그 물품을 노릴 양아치들을 억제할 효과가 없겠어……."

이건 안 되지.

위험해, 위험해……. 하마터면 아이들을 위험에 노출시킬 뻔했어. 세심하지 못했구나…….

앞으로도 이런 부분은 주의를 기울여야만 하겠어…….

"나도, 같이……."

"그럴 필요 없습니다!"

"어?"

내 말을 끊고서 미네가 끼어들었다.

"이 도시 사람들은 원래부터 저희를 어느 정도 알고 있습니다.

『행, 긴급 출격 준비!!』

나는 현관 밖으로 나온 뒤 조금 떨어진 초지에서 느긋하게 쉬고 있던 행을 큰 소리로 불렀다.

그리고…….

『셋 어~업!』

아이템 박스 안에 넣어뒀던 안장을 소환하여 행에게 직접 장착했다.

아이템 박스 안에서는 시간이 흐르지 않는다. 수납됐을 때 그대로, 다시 말해 말 몸에 장착됐던 형태로 보관되므로 이런 기술이 가능했다. 형태가 무너지거나, 끈이 풀린다면 이런 짓은 할 수 없다.

등자에 발을 걸고서 승마.

『목표는 영주 저택. 출격!』

『오오옷!!』

웃기지도 않은 짓거리를 저지른 놈이 있다면 용서치 않겠다.

설령 여신이 용서할지라도 내가…….

『전? 제가 활약할 기회는요오오오~오오!!』

뒤에서 배드가 비통하게 울부짖었다.

그러나…….

사소한 건 괘념치 않겠어!

우선은 곧장 영주 저택으로 향했다.

그리하면 가는 길에 무슨 일이 있었는지, 돌아오는 길에 무슨 일이 있었는지…… 그리고 영주 저택에서 무슨 일이 있었는지 단번에 알 수 있다. 그것을 파악한 뒤 더욱 세분화하여 범위를 좁혀 나간다. 그러고는 『탐지기』를 동원한다.

처음부터 광범위를 정밀하게 수색하는 것은 무척 비효율적이다. 일단 영주 저택까지 전속력으로.

제아무리 『탐지기(포션 용기)』라는 비장의 패가 있을지라도 그보다도 간단하고 신속한 방법이 있다면 우선은 그것부터 진행하는 것이 당연한 수순이다. 비장의 패는 마땅한 때에 써야만 하는 법.

그리고 행은 『진정한 기회』, 마차를 끄는 게 아니라 정말로 활약할 만한 상황이 드디어 찾아왔다며 기뻐했다. 의욕 충천이다.

어린애처럼 보이는 나를 태우고서 말이 달리자 사람들이 화들짝 놀라 길을 열어줬다.

물론 안전을 위해 속도를 억제했다. 그러나 보행자는 치일까봐 무섭겠지.

행, 의욕이 너무 지나쳐! 뭐, 고대했던 순간이 찾아왔으니 흥분하는 것도 당연하겠지만…….

아, 나는 옛날에 에드에게서 승마술을 배웠고, 대륙을 횡단할 때는 레이코와 함께 이따금 마차가 아니라 말을 타면서 배드와 행에게서 코치를 받았다. 그래서 말을 제법 잘 다룰 수 있게 됐다.

뭐니 뭐니 해도 말 본인…… 『본마(本馬)』가 직접 지도를 해줬으니 숙달될 수밖에.

말이 직접 『자신이 달리기 쉬운 탑승법』을 코치해주는데도 숙련되지 못한다면 그 사람은 바보 천치다.

그리고 순식간에 영주의 저택에 도착했다.

행을 탄 채로 돌입하고 싶었지만, 문지기가 있으므로 그럴 수는 없었다.

아니, 돌파할 수는 있겠지만, 그 후에 큰 소란이 벌어질 테니 결과적으로는 시간을 크게 낭비하게 된다.

그러므로 일단 멈춰서 문지기에게 물었다.

"아이 넷이 오지 않았나요!"

"아아, 『리틀 실버』 아이들 말이지? 식품을 전달하러 왔다고 했지……. 대략 한 시간쯤 전에 왔어."

그는 이미 내 얼굴을 기억하고 있었다.

뭐, 부모도 없이 혼자서 영주 저택에 오는 아이는 거의 없으니까.

그러니 신원이 확실하고 영주님을 만난 적이 있는 아이가 자신의 동료에 관해 묻는다면 알려주지 않을 리가 없다.

"그래서 언제 돌아갔나요!"

"아……. 아직 안 돌아갔어……."

내가 안색을 바꾸며 심각하게 묻자 상황을 짐작했는지 문지기가 미안해하는 얼굴로 알려줬다.

하아아아아…….

최대의 현안이 해결됐다.

내가 가장 우려했던 점은 누군가가 이리와 아이들이 들고 있는 짐이나,『영주 저택에 상품을 납품하고서 받은 대금』, 혹은 네 소녀를 노리고서 습격하지 않았을까, 였다.

그런데 이리와 아이들이 무사히 영주 저택에 도착하여 아직도 안에 있다고 하니 그러한 걱정은 사라졌다.

문지기도 내가 귀가하지 않은 아이들을 걱정하여 바람처럼 달려왔음을 훤히 꿰뚫어 봤는지 쓴웃음을 지었다.

"그야 걱정이 되겠지. 아이들이 통 돌아오질 않으니……."

"들어갑니다!"

"예예……."

문지기가 나를 내쫓듯이 쉿쉿, 하고 손짓을 했다. 그러나 저것은『들어가라』는 신호겠지. 딱히 악의가 있거나, 나를 개처럼 취급한 것은 아니라고 생각한다…….

그리고 나는 행을 탄 채로 정문을 지나 건물의 뒷문으로 향했다.

이리와 아이들이 그곳에 갔을 테니까.

"죄송합니다. 우리 애들이 어디에……."

행에서 내려 뒷문을 열고는 머리만 안으로 들이밀면서 물어봤더니…….

"아아,『리틀 실버』의 카오루 쨩이니? 그 애들은 영주님이 데려가셨어."

"에에에에엥!"

영락없이 주방 사람들이 붙잡고 있는 줄 알았는데!

영주 저택의 주방은 고아원 아이가 잔반을 얻어먹고자 올 만한 장소 베스트 텐에서 상위권에 들어간다. 그러니 주방에서 허드렛일을 하는 사람들은 이리와 아이들의 얼굴을 알지도 모른다고 생각했다. 또한 그들은 고아원이 폐쇄된 이유도 알기에 이리와 아이들이 얼굴을 비친다면 잡혀 있을 만도 하다고 생각했다. 아까 문지기에게서 『이리와 아이들이 아직 안에 있다』고 들었을 때 말이다…….

그런데 설마 영주님이 등장할 줄이야…….

"저, 저기……."

"알고 있어. 잠깐만 기다리렴!"

하인 중 한 사람이 안쪽으로 달려갔다. 아마도 윗사람에게 전해주려고 갔겠지.

주방 하인이 뜬금없이 영주님의 방에 들이닥칠 수는 없을 테니 주방 관리자와 집사를 비롯하여 여러 단계를 걸쳐 보고가 순차적으로 올라가겠지. 번거롭게…….

그래도 뭐, 일본 회사에서도 막 입사한 신입사원이나 젊은 아르바이트생이 느닷없이 사장실이나 회장실에 쳐들어가서 『만나게 해달라』, 『이야기를 들어 달라』고 요청해본들 만날 수 있을 리가 없으니 세계 공통…… 아니, 『이세계 공통』의 상식인가…….

"자, 이쪽으로."

……빠르잖아!

1분도 채 지나지 않아 안내를 맡은 메이드가 나타났다.

그리고 그녀가 안내해준 곳은 예전에 영주님을 배알했던 곳과는 다른 방이었다.

메이드가 문을 가볍게 노크한 뒤 대답을 기다리지 않고 열었다. 그 너머에는…….

"……응, 그래서 말이에요. 카오루 님이 『빛이 있으라!』하고 말했더니 하늘에서 빛이…….."

"거기 잠까아아아안~!!"

이 유녀들이 대체 무슨 소리를 하고 있는 겁니까!

"야! 류시, 영주님한테 엉터리 이야기를 떠들어대면 못 써!"

무슨 『천지창조』냐!!

뭐, 영주님은 유녀의 허무맹랑한 이야기를 믿지 않을 테지만…….

본인들을 구해줬던 나에게 심취한 나머지 머릿속에 든 어휘를 총동원하여 나를 무지무지하게 칭송하고 있다는 것만은 바보라도 알겠지.

뭐라고 해야 할까. 이토록 허풍을 어마어마하게 늘어놨으니 이 아이들이 무슨 소리를 재잘거리든 괜찮아 보인다.

……아무도 믿지 않을 테니까.

어쨌든 영주님과 아이들은 커다란 탁자에 앉아 있었고, 그 위에는 과자와 과일, 과실수가 놓여 있었다. 그리고 아이들을 챙겨주고 있는 메이드 몇 명도 있었다.

……응, 음식에 낚여서 회유된 아이들의 표본이구나.

아이들을 환영해준 것은 좋지만, 보호자가 걱정하지 않도록 사람을 보내서 알려줬어야지, 인마!!

그 불만을 담아서 째려봤더니 영주님의 얼굴이 굳어졌다.

반성 좀 해라, 인마!!

역시나 어중간한 시간대에 보호자에게 양해를 구하지 않고 본격적으로 식사를 대접하는 건 꺼려졌는지 『간식』 범주에 드는 과자나 과일이 제공되어 있었다.

……그러나 만약 배가 가득 찰 때까지 마구 먹어댔다면 굳이 『간식』을 내놓은 의미가 없지.

저 녀석들이 앞에 나온 음식물을 배가 터지게 꾸역꾸역 집어넣는 것은 이미 몸에 배어버린 습성. 눈앞에 귀족이 있든 없든 상관없다.

저 아이들의 미래를 위해서라도 그 습성을 하루빨리 없애야만 하는데. 아마도 그러려면 저 아이들에게 『음식이 나왔을 때 억지로 한계까지 배 속에 집어넣지 않더라도 배가 고플 때는 언제든지 원하는 만큼 먹을 수 있다』, 『다음에 못 먹을까 봐 미리 먹어둘 필요가 없다』, 『식사는 굶주림을 면하기 위해 게걸스럽게 먹는 게 아니라 맛을 음미하면서 즐기는 행위다』라는 걸 일깨워줘야만 한다.

그리고 그것은 말로써 가르쳐줄 수가 없다. 저 아이들이 스스로 진심으로 실감해야 하는데…….

현재 탁자 위에 나온 과자나 과일에는 줄어든 기미가 없었다.

아니, 저 녀석들이 온 지 한 시간이 넘었으니 음식에 아예 손을 대지 않았을 리가 없는데.

그렇다면…….

거봐!

방금 내용물이 조금 줄어든 접시에 과자가 보충됐다!

……그래, 아무리 먹어도 내용물이 줄어들지 않는 마법의 과자 접시였다.

그렇다면 아이들이 과자를 두고서 다툴 필요도, 게걸스럽게 배 속에 우겨넣을 필요도 없겠지.

사용인 중에 고아의 습성을 잘 아는 사람이 있었던가?

아니면 영주님 본인이 아이들을 배려했나?

그러고 보니 영주님에게 아직 인사도 하지 않았다.

이러면 안 되지!

어쨌든 영주님에게 인사부터…….

"아이들을 붙잡아두셨다면 사람을 좀 보내서 알려주세요! 얼마나 걱정한 줄 아세요오오오!!"

응, 저런 영주(녀석)에게 해줄 인사는 이만하면 충분하다!

"미안, 미안……."

영주님이 진심이 거의 느껴지지 않는 얼굴로 허울뿐인 사죄를 했다.

그야 본인이 정말로 나쁜 짓을 했다고는 생각하지 않을 테니 입으로만 소녀에게 사과하는 거야 별일도 아니겠지.

만약에 다른 귀족이었다면 여러 사정 때문에 내 앞에서 고개를 쉽사리 숙이지는 못했을 테지만…….

"하나 내가 부덕하여 불행해질 뻔했던 아이들이 무사히 구출됐다. 그러니 기쁨과 사죄의 마음을 담아서 조금 값비싼 과자로 환대하고 싶어지는 게 당연하지 않은가!"

우…… 확실히 그 마음을 모르는 바는 아니었다.

더욱이 영주님은 아이들과 초면도 아닌 듯했다.

예전에 미네에게서 들었던 이야기에 따르면 영주님이 고아원을 정기적으로 지원하고 음식을 보내주기도 했고, 이따금씩 위문차 직접 방문하기도 했단다. 그리고 운영비를 벌기 위한 하잘 것 없는 이벤트 때도 얼굴을 비쳐서 손님을 모으는 데도 공헌해줬단다. 그래서 일단은『지인』이라고 한다.

그래서 간식에 홀라당 넘어가서 재잘재잘 떠들어댔겠지.

우리가 내주는 과자에 비해 조금 떨어지긴 하지만,『평민에게는 꽤 값비싼 과자』이기도 하고…….

아니, 우리 셋이 만든 과자는 이 나라의 과자와는 차원이 다르지. 그러니 우리 과자랑 비교해서는 안 되겠지만…….

대단히 높은 사람, 자신들의 아군, ……그리고『먹을거리를 주는 사람』.

안 되겠다. 아이들이 회유될 만도 하겠어.

……특히 『먹을거리를 주는 사람』이라는 점 때문에.

보통 고아는 귀족이나 권력자에게 마음을 잘 열지 않는데 말이야.

대개는 놀이용이나 분풀이용으로 두들겨 맞든가, 『인간 사냥 게임』의 표적으로서 실컷 농락당하다가 반죽음을 당하거나, 혹은 얼마 지나지 않아 『「반」이라는 글자가 날아가 버린 상태』로 전락하거나…….

아, 아니, 그것은 약 70년 전, 내가 이 세계에서 『제1(퍼스트)시즌』을 보냈을 적 이야기였다. 지금 이 시대, 그리고 이 나라, 이 귀족령도 꼭 그럴 거라고 단정 지을 수는 없나?

더욱이 저 영주님은 평민도 소중히 대우하는 것 같긴 했다.

……그래도 이만한 문명 세계에서는 그만한 세월로는 극적인 변화가 거의 일어나질 않는데 말이야. 무장 봉기나 쿠데타가 벌어져서 지배 계층이 역전되지 않는 한…….

아니, 그건 아무렇든 좋다.

문제는 아이들이 무슨 말을 했느냐는 것이다.

내가 여러모로 고민하고 있으니 류시가 기뻐하는 표정으로 영주님에게 큰 소리로 재잘거렸다. 이리와 프리아가 그녀를 만류하려고 소란을 피우기 시작했다. 메이드들이 아이들에게 주의를 줬다.

그리고…….

"……괜찮아요. 중요한 내용은 전혀 떠들지 않았습니다. 영주님이 『말해서는 안 되는 화제』를 던지면 가장 어린 류시가 도저히 믿기지 않는 엉뚱한 이야기를 늘어놓아서 신빙성을 완전히 파괴하여 흐지부지 넘겨버렸어요. 그리고 그때마다 저희가 어깨를 들먹이거나, 어처구니가 없다는 표정을 지어서 류시의 이야기가 허무맹랑하다는 걸 강조했습니다."

미네가 내 귓가에 대고서 나직이 속삭였다.

아~ 역시나…….

이 녀석과 이리, 프리아가 정보를 누설하려는 류시를 잠자코 지켜볼 리가 없겠지. 이 모든 게 다과회가 끝날 때까지 시간을 벌려는 목적이었나…….

아니, 아이들이 영주님의 초대를 거절할 수 있을 리가 없으니 그것 말고는 다른 선택지는 없었을 뿐인가?

저 녀석들이 우리(고용주들)와의 약속보다 과자를 더 우선할 리가 없다.

우리는 이 녀석들을 앞으로도 쭉 고용할 작정이지만, 영주님이 과자를 배불리 제공해주는 건 아마도 이번뿐이다. 저 녀석들도 그 정도쯤은 알고 있을 테니까.

그리고 미네의 귓속말이 다 끝났다고 판단했는지 류시와 아이들이 갑자기 소란을 멈췄다.

……무섭구나, 저 녀석들…….

"우리 종업원들이, 실례했습니다…….'

일단 입으로 사죄를 하긴 했다. 그러나 물론 우리가 잘못했다는 생각은 터럭만큼도 하지 않았다.

그리고 영주님도 나의 속내를 짐작했겠지.

그래, 아이들을 『거절할 수 없는 초대』에 끌어들이고서 그 사실을 알리지 않은 당신이 전부 나빠!!

"아니, 억지로 초대한 것도 모자라서 통보도 하지 않았던 내 잘못이다. 괘념치 마라!"

"뭐 그야 그렇긴 하죠……. 아, 아뇨 아뇨. 당치도 않습니다!"

"……………"

영주님, 그리고 메이드들조차도 아연실색한 표정으로 내 얼굴을 응시했다.

아, 방금 그 발언은 과도한 실언이었나.

영주님이 정말로 평민이나 아이에게 무르다는 걸 알아차리고서 무심코 긴장을 풀고 말았네…….

"아니, 아니, 제가 방금 실언했습니다. 죄송합니다! 무심코 생각을 입 밖으로 내뱉고 말았는데……."

"……………"

"아, 아니, 그게 아니라 무의식적으로 진심이……."

"……………"

아아아아아아아, 점점 제 무덤을 파고 있잖아아아아!!

……그런데 어째서 아이들은 안달하지 않고, 내가 영주님에게 터무니없이 무례한 발언을 연발하고 있는데도 고개를 응응 끄덕이면서 태연한 태도로 지켜보고 있는 걸까…….

**

"저, 정말로, 죄송했습니다……."

웅, 만약에 다른 귀족이었다면, 그리고 제아무리 사람 좋은 영주님일지라도 공식석상이었다면 괘씸죄로 목이 달아났더라도 이상하지 않았다.

그 정도로 귀족과 평민의 격차는 크다. 진심으로 아찔한 장면이었다.

나는 자업자득이니 어쩔 수 없지만, 내 바보 같은 실수로 아이들까지 위험에 노출시키는 것은 용납할 수 없었다.

제아무리 『폭열 포션』으로 반격할 수 있다고 해도 아이들에게 영주님을 살해한 일당이라는 오명을 씌우는 것은 너무 미안하다…….

"됐다, 됐어. 아이들의 사소한 말실수에 진심으로 노여워할 만큼 도량이 좁진 않아!"

영주님이 그렇게 말하며 불문에 부쳐줘서 고맙긴 했지만, 정말로 그뿐일까?

나나 레이코를 귀족의 딸이라고 여기는 게 아닐까…….

뭐, 그렇게 오해하도록 행동하고 있으니 나와 레이코, 쿄짱, 그리고 아이들에게 위해를 가하지 않는다면 이유야 어쨌든 간에 대환영이었다.

아, 쿄짱은 아직 누구인지 알려주지 않았으니…… 뭐, 어차피 그 정도는 바로 조사할 테니 굳이 데려와서 소개하지 않아도 되려나?

스토커 행위까지는 하지 않겠지만, 부하에게 명하여 정기적으로 우리의 동향쯤은 파악하고 있겠지.

자신의 영지의 영도(領都)에서 이렇게 수상한 녀석들이 여러 일들을 저질렀으니 나라도 조사를 시키겠어. 바보가 아니라면…….

그리고 추후에 술과 건어물, 훈제 등 상품을 보내기로 약속하고서……물론 앞으로는 유료……아이들을 데리고서 물러났다.

아이들이 주머니 속에 과자를 꽉꽉 채우고서 나왔다. 그 정도쯤은 눈감아주겠지.

"좋아, 철수!"

"""""예!"""""

**

"……『리틀 실버』라…….".

카오루 일행이 돌아간 뒤에 아이들이 가져온 건어물을 가볍게 굽고서 그것을 안주 삼아 함께 보내온 술을 마시는 영주.

"아무리 조사를 해봐도 신원을 알 수 없는 소녀들. 고아를 위해 위험까지 무릅썼고, 돈을 아끼지 않는 이상한 행동을 벌였지. 바보인 줄 알았더니만 영리하게 성과를 냈다. 어느 나라 귀족의 말

괄량이 딸이냐, 대상인의 방탕한 딸인가? ……재밌어서 지루하질 않구나……. 앗, 맛있어! 이 술, 맛있어어!!"

**

와구와구와구와구!

아랄이 일심불란하게 과자를 계속 먹어댔다.

그러나 아무도 그것을 말리려고 하지 않았다.

어쩔 수 없지. 이리를 비롯한 『심부름조』가 귀가한 뒤 아랄에게 솔직하게 털어놨으니까. ……자기들이 영주 저택에서 과자를 마음껏 먹었다고.

그리고 눈앞에서 아랄이 울음을 터뜨리려고 하자 네 아이들은 주머니에 넣어뒀던 과자를 꺼내서 쌓아올렸다. ……미네가 준비한 큰 접시 위에.

이제는 아랄을 제지할 수가 없었다.

이리와 아이들이 주머니에 과자를 넣었을 때는 아~, 역시 습관은 쉽게 고쳐지질 않는구나, 하고 생각했는데, 이게 이유였나…….

영주 저택에서 벌어졌던 일을 아랄에게 비밀로 하는 선택지도 있었지만, 훗날 어떤 계기로 들통이 난다면 아랄은 『배신』과 따돌림을 당했다고 생각할 테지.

그리고 이후에는 이리와 아이들이 어디에 나갈 때마다 자신도 꼭 따라가겠다며 떼를 쓸 것이다.

그래, 이리와 아이들을 신용하지 않게 된다는 뜻이다.

……응, 그것은『치명상』이다.

그래서 동료들 사이에서는 숨기지 않는다.

그곳에 없었던 동료의 몫도 챙긴다.

어떤 일을 담당하든 얻어낸 것은 다 함께 균등하게 나눈다.

그것이 고아들이 사이좋게 살아가기 위한 방법이겠지.

지금은 이제 먹을거리를 악착같이 챙기지 않는 사람은 죽거나, 굶주림을 버텨내며 추운 밤을 보내야만 하는 때는 지나갔다. 그곳에서 함께 먹지 못했던 사람은 이따가 다른 걸 먹을 수 있다.

……그런데 저 녀석들에게서 그 습성이 사라지는 때가 과연 올까?

그날이 오는 편이 좋을까? 아니면 언제까지고 변함없이 이대로 유지하는 편이 좋을까…….

뭐, 지금은 이게 더 낫나? 이 녀석들이 원하는 일을 시켜주고, 원하는 만큼 먹게 해주자.

이 녀석들의 고용주로서.

그리고 이 세계에서 자유롭게 살아가는 한 인간, 『카오루』로서…….

쿄짱이 무슨 생각을 하는지는 모르겠지만, 그녀도 잠자코 아랄을 보고 있었다.

우리의 기준에서는 별로 맛있지 않은, 그러나 아이의 기준에서

는 엄청난 사치품인 과자를 필사적으로 입에 넣어대는 아랄의 모
습을…….

**

"다녀왔어~!"

""어서 와~!""

레이코가 돌아왔다.

물론 돌아올 때는 마법을 전면적으로 활용했겠지.

그렇지 않다면 역시나 레이코를 혼자서 보내진 않았을 것이다.

도적이나 마물이 습격하더라도 괜찮을 테지만, 혼자서 터벅터
벅 걷거나, 혹은 배드를 타고서 달가닥달가닥 돌아오는 건 역시
외로울 테니까.

마법으로 쌔~앵 갔다가 마법으로 쓔~웅 돌아올 수 있으니 레
이코에겐 마음 편하게 단독 행동을 부탁할 수 있다. 그렇지 않다
면 제아무리 친구라고 할지라도 느닷없이 혼자서 먼 여행을 다녀
오라고 어떻게 부탁하겠어.

그에 상응하는 이유가 없는 한…….

그래서 그저께 아침에 나갔다가 오늘 저녁에 돌아온 걸 보니 어
딘가에 새서 놀거나, 쇼핑을 한 게 틀림없었다. 확인만 하면 되는
임무였기에 어제 중에 돌아올 수 있었을 테니까.

뭐, 제아무리 친구라고 해도 가끔은 혼자서 자유롭게 행동하고

싶은 날도 있는 법이니까.

뭘 샀는지는 이따가 알려주겠지.

……그래서 조사 결과 보고는 저녁을 먹으면서.

이번 건은 아이들도 들을 권리가 있으니 말이야.

아이들의 동료인 미네를 속여서 노예로 부렸던 상점이니까.

그리고 결과는…….

"없었어."

"어?"

"……뭐가?"

레이코가 예상치 못한 말을 하자 나와 쿄짱은 의미를 모르겠다며 되물었다.

아이들은 끼어들지 않고 듣는 데 전념했다. 그러나 나와 쿄짱과 같은 생각이겠지.

"가게는 없었어. 점포 부분과 안쪽 본채, 그리고 창고까지 전부다. 그 자리에는 그냥 갱지만 남았어. 근처에 있던 사람한테 물어봤더니 『악행이 만천하에 드러나 망했다』라나……. 상점을 통째로 팔려고 했지만, 평판이 하도 나빠서 그런 건물을 사본들 장사따윈 할 수가 없고, 괜히 전 주인과 관련이 있다는 오해라도 받았다가는 배겨낼 수가 없는지라 상당한 염가에 내놓았는데도 사겠다는 사람이 나타나지 않았대. 그래서 완전히 헐어서 갱지로 만든 뒤 전혀 다른 용도의 건물을 지어서 『전 주인과는 관계가 없다』는 걸 어필해야만 했대. 그렇게 했는데도 부동산 가격이 시세

보다 꽤 떨어졌다고 하더라."

"“아⋯⋯.”"

나와 쿄짱이 납득하고서 목소리를 흘렸다.

그리고 아이들은 뭐라고 해야 할까, 그⋯⋯『필살 시리즈(일본의 유명한 시대극)에 등장하는 작업을 마친 사람』같은 표정을 짓고 있었다.

⋯⋯뭐, 그 마음 잘 안다⋯⋯.

이러고 보니 이리와 프리아를 부려먹었던 가게는 류시와 미네가 있었던 가게에 비해 참으로 운이 좋았던 것 같다⋯⋯.

그 두 가게는 급료를 제대로 지불하지 않았다는 것 말고는 두 아이를 평범한 종업원과 거의 동일하게 대우했다. 또한 동료 종업원들 중에 비교적 좋은 사람들이 많았기에 이리와 프리아가 가게를 하루아침에 문을 닫게 하지 말아달라고 했다.

⋯⋯거기엔 두 아이가 미네와 류시만큼 과격하지 않다는 이유도 있겠지?

그러나 그대로 몇 개월이 더 지났다면 이리와 프리아도 미네와 류시처럼 행동했을지도 모르겠다.

미네와 류시가 했던 행동은『가게를 혼란에 빠뜨려 추격자를 보낼 확률을 낮추고, 설령 추격자를 보내더라도 초동을 늦추고 인원수를 줄이기 위해서』필요했다.

이리와 프리아가 그럴 필요가 없었던 이유는 우리가 곁에서『확실하고 완전하게 도망칠 수 있다』고 보장해줬기 때문이었다. 만약에 그 아이들이 미네와 동일한 상황이었다면 동일한 행동을 했을 확률이 꽤 높다고 본다.

……왜냐면 이리와 프리아도『그 고아원 출신자』니까?

"이리랑 프리아가 있던 가게와, 미네랑 류시가 있던 가게가 받았던 죗값이 너무 차이 나지 않아?"

쿄짱이 그런 소리를 했다.

확실히 그 말이 맞았다. 하지만 뭘 더 하긴 새삼스럽긴 하네…….

그렇게 생각했더니 레이코가 방안을 내놓았다.

"그 두 가게에도 점주 책상에 나이프를 꽂고서 경고문을 놔두고 왔으니 이제 두 번 다시 고아원은 건드리지 않을 걸? 그리고 만약을 위해 반 년 뒤, 그 이후에는 1년마다 확인하자. 만약에 또 악행을 저질렀다면 그땐……."

레이코가 그렇게 말하고서 목을 스윽 긋는 시늉을 했다.

"뭐, 그렇게 하는 게 좋겠네. 그땐 이리랑 프리아한테 잘 해줬던 종업원한테 재취업까지 입에 풀칠을 할 만한 자금을 주거나, 혹은 만약에『리틀 실버(우리 집)』가 번성하여 인원이 부족해진다면 직접 고용해도 되고 말이야."

뭐, 고아에게 친절을 베풀었던 사람이니 좋은 사람이겠지, 아마도…….

아, 생활 자금을 줄 경우에는 물론 점주에게서 그만한 돈을 회수해야지.

"그럼 그렇게 하는 걸로. 이로써 우리의 걱정거리를 모두 매듭

지었네. 앞으로는 앞을 보면서 미래를 향해 나아가자!"

"""""""오~!"""""""

확실히 교육을 받았는지 아랄도 다른 네 아이와 호흡을 딱 맞춰서 외쳤다.

장하다, 장해. 한 명만 출신 고아원이 다르지만, 별 문제없이 사이좋게 지내는 듯했다.

……다만 아랄, 연상의 여자들만 모인 하렘을 구축하면 안 된다!

그리고 모두를 데리고서 모험의 여행을 떠나면 안 돼!!

＊＊

"……그래서 작전 회의를 하는 건데…….."

나와 레이코는 이미 질릴 정도로 둘만의 시간을 보냈기에 이것은 쿄짱을 위한 현황 설명회였다.

재회한 뒤로 줄곧 허둥대며 시간을 보내왔고, 아이들이 안정될 때까지 우리 『어른팀』 중 누군가가 곁에 있어야만 했기에 우리 셋만 오랫동안 자리를 비우는 것은 자제해왔다.

그러나 이제는 아이들끼리 심부름을 보내는 것도 가능해졌고, 한밤중에 악몽에 시달리며 벌떡 깨어나는 일도 없어졌다.

그러므로 아이들이 잠든 뒤에 깊은 지하에 만들어둔 비밀기지, 작전지령실에 오랜만에 셋이서 내려왔다.

"지금까지 겪었던 일들의 자초지종은 대강 설명했어. 하지만 앞으로 어떻게 할지는 별로 논의하질 않았지. 그래서 미래 계획에 관해 대화를 나누고 싶은데……."

"카오루는 어차피 안전제일, 현지인들에게 민폐를 끼치지 않는다, 혼란에 빠뜨리지 않는다, 남의 눈에 띄거나 이상한 놈들이 꼬여서는 안 된다, 비밀엄수…… 그리고 편안하고 나태하게 살 수 있도록 돈을 번다 아냐?"

"역시 참 잘 아시는군요!"

""우이다바샤바(산토리 맥주의 한 CM송에 나오는 추임새. 해당 광고는 여행은 길동무가 중요하다는 내용을 다룬다).""

"그만둬!!"

나 참, 이 녀석들은…….

＊＊

"……이런 상황인데……."

"음, 파악!"

대강의 상황과 나와 레이코의 생각을 쿄짱에게 설명했다.

그리고 쿄짱의 반응은…….

"나도 이러는 편이 낫다고 생각해. 여차하면 도망칠 수 있고, 우린 다른 대륙에 가더라도 언어 때문에 불편할 일도 없고, 마음만 먹으면 돈을 버는 것도 간단하니 말이야. 물론 너무 눈에 띄면 이상한 것들이 들러붙을 테고, 자칫 잘못하면 돈이나 진귀한 물품을 노린 놈이 우리를 가두거나 고문 코스를 선사할지도 모르니 비밀 엄수가 제일 중요하겠지. 그렇다고 해서 산속에 틀어박혀서 우리 셋만 줄곧 살아가는 것도 우리와는 맞지 않아. 그런 건 생활에 찌든 뒤에 해도 충분하잖아?"

쿄짱의 말을 듣고서 나와 레이코는 고개를 끄덕였다.

······근데 너희 둘은 꽤 장수했는데 아직도 생활에 찌들지 않았니!

뭐, 몸이 젊어지면서 영혼과 의식체가 리뉴얼됐다고 해야 하나, 리프레시됐다고 해야 하나, 어쨌든 기운을 되찾았으니 피로도 날아가 버렸나?

"적절히 힘들고, 적절히 귀찮고, 적절히 즐겁고, 적절히 유유자적하게. ······당분간은 여기서 그런 느낌으로 살아가면 되지 않니?"

""역시 그렇게 생각하는구나······.""

응, 우리 셋은 성격은 다르지만, 이런 면에서는 죽이 잘 맞거든.

뭐, 그렇지 않았다면 이렇게 오랫동안 사귀지도 않았겠지?

"최우선 사항은 우리 셋의 안전. 두 번째 우선 사항은 아이들과, 악인을 제외한 『그 밖의 사람들』의 안전. 세 번째 우선 사항은 우리의 능력이나 시대에 맞지 않는 공예품(오파츠)이 유출되지 않도록 방지하는 것. 이렇게 정하면 되지?"

내가 확인하자 레이코와 쿄짱이 고개를 응응 끄덕였다.

"그리고 고속으로 이동할 수 있는 방법은······ 음, 이건 됐나?

그런 걸 탔다가는 눈에 확 띌 테고, 아무리 밤에만 이용하더라도 언젠가 어딘가에서 누군가가 목격하겠지. 타고 내릴 때……. 게다가 여행의 즐거움도 사라지고 말이야. 우린 딱히 『급하지 않은 처지』니까. 아, 그러고 보니 쿄짱의 탑재정. 그거, 정지 위성 궤도에 올려놨지? 수직 방향으로 거리가 꽤 머니까 저고도에서 이 혹성을 돌도록 조정해두면 긴급한 상황이 벌어졌을 때 빨리 불러들일 수 있지 않을까?"

불현듯 떠올라서 내가 제안해봤더니…….

"급하게 불러야 하는데, 마침 이 혹성의 뒤편에 있으면 오히려 시간이 더 걸리지 않겠어? 그걸 감안하더라도 거리가 꽤 가까워질 테지만, 공기 저항과 비행경로가 곡선으로 변하는 게 마음에 걸려……. 게다가 정지 위성 궤도에 올려두면 하강할 때 이 나라 전체를 상시 사정거리에 둘 수 있게 되니 여차할 때 원거리에서 빔 공격을 날릴 수 있어."

아, 쿄짱도 일단은 생각하고 있구나…….

"……아니, 그 거리에서 빔을 쐈다가는 적뿐만 아니라 우리를 포함해서 주변에 있는 모든 게 증발할 거야!"

초장거리에서 함포로 포격하여 도적만을 정확히 저격할 수 있을까? 나는 도저히 불가능하다고 본다.

"저고도 주회궤도에 여섯 척 정도를 늘 띄워두는 건 어때? 그렇게 해두면 언제나 한두 척쯤은 우리 가까이에 있을 거 아냐? 이 부근을 함포 사정거리 안에 둘 수도 있을 테고……."

""그렇구나!!""

역시 레이코. 이런 논의를 벌일 때는 우리 중에서 머리가 가장 빠르다.

······아니, 잠깐만?

"그냥 아이템 박스 안에 넣어두는 건 어때?"

""······.""

어라?

왜 갑자기 둘 다 입을 다무는 거야?

"······저기, 아이템 박스 안에······."

""······.""

"저기······.

""얼토당토않은 발상 좀 하지 마아아~!!""

아니, 왜요······.

"꺼내고 집어넣는 순간을 감당할 수가 없어!"

"지표면 근처에 바로 꺼냈다가는 대량의 공기가 순식간에 밀려서 주변 사물들을 몽땅 날려버릴 거야!"

"지표면 근처에서 바로 집어넣었다가는 거대한 진공 영역이 만들어져 주변 공기가 밀려들 테니······ 이하 생략!"

"너무 낮은 고도에 꺼냈다가는 수납했을 당시의 기압차와 중력차 때문에 고도가 쭉 떨어져 추락할지도 모르잖아!"

두 사람에게 호되게 혼났다.

아니, 그냥 떠오른 발상을 말해봤을 뿐이잖아!

**

……결국 탑재정은 현상 유지, 정지 위성 궤도에 놔두기로 했다.

우리가 기습 공격을 받는다면 어차피 제때에 날아올 수 없을 테고, 대처할 시간이 있다면 고고도에서 내려오더라도 문제가 없을 테니까.

더욱이 여섯 척을 늘 붕붕 날려두는 것은 뭐라고 해야 하나, 경제 효율이 나쁠 것 같았다.

……그래, 『아깝다』이 말이다. 우리는 모두 서민이니까…….

"진짜 기습…… 스쳐지나가다가 독이 묻은 나이프에 심장이 푹 꽂힌다면…… 어차피 무슨 수를 쓰든 소용없겠지. 누군가가 멀리서 쏜 화살에 헤드샷을 당해도 마찬가지. 그래도 뭐, 우린 『생포해야만 쓸모』가 있으니 그럴 가능성은 낮겠지만 말이야. 설령 붙잡히더라도 나와 레이코는 포션과 마법으로 어떻게든 되겠지만, 쿄짱은 배가 없으면 전투력이 갓 태어난 판다 수준밖에 안 되니 조금 위험하겠네. 나와 레이코가 사태를 알아채고서 수색하고 찾아내어 구출하기 전에 만약에 무슨 일이라도 당한다면……."

응, 그게 걱정이야.

쿄짱의 전투력은 아마도 미네보다도 낮을 것이다.

만약에 누군가가 쿄짱을 노린다면…….

55

"아, 일단 호신용 무기는 소지하고 있어."

""어?""

겉모습을 얼핏 보니 쿄짱은 무기 같은 걸 소지한 것 같지 않았다.

아이템 박스에 넣어뒀다면 별안간에, 콤마 몇 초 만에 반사적으로 공격을 막아내거나, 반격하기에는 적합하지 않겠지.

이 세계에서 입수한 은밀 나이프나 암기(暗器)류를 옷 속에 숨겨뒀나?

그러나 운동신경이 꽝이기로 유명했던 쿄짱이 그런 무기를 사용할 수 있을 리가 없었다.

나도 그런 건 못 써.

그렇게 생각했더니 쿄짱이 허리에 차고 있던 손바닥만 한 사각형 물체를 떼어내서 내밀었다.

"……이거."

그것은 도저히 무기로는 보이지 않았다.

……그래, 『평범한 사람의 눈에는』 말이야.

""타입1이구나!!""

뭐, 이 세계에서는 권총형인 타입2나 라이플형 타입3도 무기처럼 보이지 않겠지만.

"5년간의 조사 비행을 위해 띄운 군함이니 백병전용 무기나 호신용 무기쯤은 당연히 적재했지."

""그야 그렇겠네…….""

납득.

그렇다면 이 대목에서 쿄짱에게 해둬야만 하는 말이 있었다.

"마비 모드로 설정해둬!"

"해뒀어!"

음음.

"그럼 더 편리한 물건도……."

"있어. 식품이나 편리한 도구도……."

레이코가 묻자 쿄짱이 선뜻 터무니없는 대답을 했다.

……안 돼.

"식품은 시험해보자. 꼭 먹어보고 싶으니까. 편리한 도구들은…… 일단 배에서 여기로 가지고 나오는 건 당분간 자제할까……."

내가 제안하자 쿄짱과 레이코가 고개를 끄덕였다.

응, 뭐든지 『적당』한 게 좋다.

지나친 것은 모자란 것보다 못하다고 하지.

……그리고 쿄짱이 모함급을 적어도 두 척은 소환했다는 사실이 판명됐다…….

**

너무 우쭐대지 않겠다.

최대한 이 세계의 레벨에 맞춰서 생활한다.

『이 세계에는 없는 사치』를 잠시 즐길 때는 지하 비밀기지에서만.

어젯밤에 그 사실을 다시 확인하고서 술자리를 가졌다.

아이들 앞에서 음주를 하는 건 꺼려져서 1층에서는 거의 마시질 않거든.

아니, 우리는 모두 정신연령과 생활연령 모두 성인이다. 이 나라에서는 열다섯 살부터 성인이니 육체연령으로도 술을 마시는 데 아무런 문제도 없다.

그 이전에 이 나라에는 음주에 관한 연령 제한도 없으니까…….

뭐, 지구에서도 물이나 주스보다 맥주가 더 저렴하거나, 혹은 물은 더럽고 위생적으로 위험해서 차라리 와인을 마시는 나라도 있었으니까.

……그래서 우리 셋은 오랜만에 술을 마시고서 고주망태가 됐다.

그대로 지하 비밀기지에 있는 탁자 위에 엎어져 잠든 바람에 온몸이 쑤셨다……. 아차, 안 돼!

"애들아, 일어나! 아마도 우리가 보이질 않아서 깨어난 아이들이 당황했을 거야!"

그래, 완전히 늦잠을 잤다.

이 세계 사람들은 모두 아침이 빠르지. 기름과 양초도 비싸니까.

우리는 조명으로 『발광하는 액체(포션)를 넣은 유리 용기』를 쓰고 있으니 상관없지만, 아이들의 몸에 밴 오랜 습관은 쉽게 바뀌지 않을 테니까.

……참고로 불빛은 푸른빛(체렌코프 광)이 아니다.

우리 셋이 다급히 내 방에 있는 지하출입구에서 나와 거실로 향했더니…….

아니나 다를까, 깨어난 아이들이 우리가 없는 걸 보고서 반쯤 광란하여 집안을 마구 돌아다니고 있었다.

여태껏 나와 레이코는 지하로 내려갈 때는 개인방 입구를 통해서 들어갔다. 그때는 『방 안에서 중요한 일을 처리하고 있으니 방해하지 않도록』 하고 당부하고서 문을 잠가뒀으니까.

그것도 대부분은 모두가 곤히 잠든 뒤 은밀히 말이야…….

이번에는 셋이 한꺼번에 내 방에 있는 비밀문을 통해 지하로 들어갔기에 다른 두 방은 잠겨있지 않았다. 언제나 자기들보다 먼저 일어나는 우리의 모습이 보이질 않고, 황급히 지하 1층을 확인하고 바깥과 마구간을 살펴봤는데도 없고, 해가 꽤 높이 떠올랐는데도 통 나타나질 않고, 사전에 아무런 설명도 듣지 못했고…….

그리고 아이들은 버림을 받았을까봐, 기껏 손에 넣었다고 생각했던 안주의 땅을 잃어버렸을까봐 굉장히 무서웠겠지.

……그러니 안달복달할 수밖에…….

"""""""우와아아아아아~!!"""""""

아이들이 우리에게 매달리더니 울면서 주먹으로 툭툭 때려댔다.

……아니, 미안…….

그 후에 아이들이 『어디에 갈 때는 반드시 사전에 알려줄 것』을 약속해달라고 강요했다. 그러나 그것은 거부했다.

……뭐, 마음은 알겠다.

그러나 비밀리에 행동해야 할 때도 있고, 외출할 때마다 어떻게 아이들에게 일일이 행선지를 미리 알리라는 거야. 귀찮게 말이야. 프라이버시를 뭐라고 생각하는 거냐!

애당초 종업원이 어째서 고용주의 행동을 감시해야만 하는 거냐고!

그래도 정서가 불안정한 아이들을 안심시키기 위해서 어쩔 수 없이 약간 배려를 해줬다.

『우리 셋 모두가 날이 바뀌도록 행동할 때는 사전에 알린다.』

『절대로 말없이 사라지지 않는다. 만약에 이곳을 떠날 때는 사전에 모두에게 정식으로 설명하고, 다음 일자리도 알아봐준다.』

『당분간 이곳을 나갈 예정은 없다.』

이 세 가지를 선언해줬더니 비로소 진정됐는지 아이들의 배에서 꼬르륵 소리가 났다.

아침밥도 안 먹었겠네. 그리고 배에서 소리를 낼 여유도 없을 만큼 온몸으로 긴장했구나…….

나는 아침 겸 점심을 파바밧 만들었다.

죽기 전…… 생전…… 전생 전…… 어쨌든『일본에 있었을 때』나는 엄마를 돕거나, 혼자서 가족 다섯 명의 식사를 만든 적도 많았다. 그래서 레이코나 쿄짱보다 요리 실력이 훨씬 좋다. 물론 맛도.

그러므로 아이들이 배고파하는 이 상황에서는 내가 식사를 차리는 게 정답이겠지. 괜히 초보자에게 거들도록 부탁했다가는 괜히 시간만 더 걸린다.

……그렇게 말했더니…….

"그건 카오루가 스물두 살 때 죽었던 시점의 얘기거든!"

"그 후에 우리가 가정주부로서 몇십 년이나 요리를 해온 줄 알아!"

아…….

**

아이들이 밭일을 하는 동안에 우리 셋은 거실에서 의논을 벌였다.

"활기차고 명랑하고 당차게 행동하는 것처럼 보이지만, 역시나 심적 외상을 꽤 많이 받았구나. 카운셀링을 하는 편이 나으려나……."

"아니, 아마도 그 아이들은 지금 우리가 뭘 물어봐도 『괜찮아요. 아무 문제도 없습니다』라고만 대답할 거야."

"응. 약하고 한심한 모습을 보였다가는 돌봄을 받지 못하거나 버림받지 않을까 우려하는 것 같네. 지금은 필사적으로 강한 척하면서 긴장하고 있을 테니 정말로 안심할 때까지는 섣불리 건드리지 않는 편이 낫지 않을까?"

"역시 그런가…….."

내가 말하자 레이코와 쿄짱도 부정적으로 말했다.

……그리고 나도 그렇게 생각한다.

그 아이들은 어리지만 야무지다. 고민하고 우물쭈물거리는 사람이 연명할 수 있을 만큼 이 세계의 고아업계는 녹록치 않았다. 『터프하지 않으면 살아갈 수 없다』는 말이다. 육체적으로도, 정신적으로도…….

다행히도 이 아이들은 외톨이가 아니었다. 동료들과 함께이니 시간이 지나면 마음의 상처도 치유되겠지.

"그럼 우리가 할 수 있는 일은…….."

"보람 있는 일거리를 주고서 『돈을 벌어서 저축』하는 즐거움을 일깨워주자!"

"동료들과 함께 매일 바쁘게 일하다 보면 괴로웠던 과거가 기억나지 않을 거야!"

그래, 우리는 심리학 전문가가 아니다. 아동심리학 따윈 하나도 모른다.

문외한이 괜찮으리라 과신하여 섣불리 손을 댔다가 그릇된 결과를 초래하는 경우도 종종 있겠지.

바로 그거다. 필사적으로 애쓰다가 결국 궁지에 몰린 사람에게 『힘내!』 하고 격려하여 자살로 몰아버리는 상황.

지금은 그저 안주할 수 있는 장소, 보금자리를 만들어주고, 스스로의 힘으로 돈을 벌게끔 하여 제몫을 다하는 사람이 됐음을 자각시켜주면 된다.

지극히 평범한 생활, 지극히 평범한 나날…… 그리고 지극히 평범한 인생.

"다만, 지극히 평범한 결혼상대를 구하는 건 내가 먼저야!"

그리고 내가 무심코 마음속에 담긴 말을 내뱉자 레이코와 쿄짱이 뜨뜻미지근한 눈으로 지켜봤다.

……내버려 둬!!

"그럼 사업을 더 전개하자는 뜻?"

레이코가 이야기의 흐름으로 미루어 결론을 짐작한 모양이었다.

"응. 아이들도 늘었고, 쿄짱도 왔으니 지금처럼 영세기업이 아니라 영역을 조금 더 넓힐까 싶어서……. 지금 우리가 벌이는 사업은『전 고아원을 사들이는 데 돈을 다 써버린 두 여성 이방인이 밑천도 없이 장사를 시작하여 도시 사람들과 교류하면서 기반을 굳힌다』는 명목으로 할 예정이었거든. 근데 미네와 아랄이 가세하면서 목적이 조금 틀어져버렸고, 이리와 아이들까지 들어오고 말았어. 이제 여긴『낯선 이방인이 시작한 사업소』가 아니라 마을 사람들이 오래전부터 알고 지내왔던 지역민인 전 고아들이 일하는 사업소로 인식되고 있어. 사람들이 이미 이곳을 완전히 받아들였다는 말이야. 그리고 현재 미네는 업무에 익숙해졌고, 이리와 아이들도 그 정도는 금세 익힐 수 있어. 난 아이들을 이대로 노동력으로서 부릴 뿐만 아니라 교육도 시켜서 더 많은 가능성을 부여해주고 싶어. 아니, 아이들이 『지금 이대로도 좋다. 이 일을 계속 하고 싶다』고 한다면 그건 그것대로 상관없지만 말이야······."

그래, 해산물이나 해조류, 가공육 등은 처음에는 위장용이었다.

애초부터 시간을 많이 투입해봤자 돈벌이가 적은 일을 계속 할 생각은 없었다.

뭐, 식품가공업을 당장 그만뒀다가는 여러모로 지장이 생길 테니 현 규모를 유지하며 생산을 계속할 테지만, 미네와 아랄만 있었을 때보다 노동력이 약 세 배나 늘었기에 그쪽에만 쏟아 붓지 않고 새로운 사업도 전개하고 싶었다.

현재 『뒷벌이』라는 형태로 여러 상점과 벌이고 있는 거래를 간판 회사인 『리틀 실버』의 업무로서 승격하여 이 도시에서의 지위를 확립한다. 무슨 일이 있을 때 권력자나 부자들에게 쉽사리 속아 넘어가고 이용당하고 착취당하고 농락당하고······ 신세를 망치지 않도록.

"그럼 작전 회의를 해볼까······."

레이코가 내 설명을 듣고서 가벼운 투로 말했다.

"너무 과하면 안 돼. 아이들의 안전을 최우선으로······."

쿄짱이 조금 걱정하며 말했다.

"어떻게든, 될 거야!"

그리고 나는 태평하게 말했다.

뭐, 이 셋이 한자리에 모여 있다. ······더욱이 치트 능력까지 부여된 상태로.

어떻게든 되겠지.

＊＊

셋이서 여러모로 작당을 하고서 이튿날이 밝았다. 우리는 아이들을 불러 모아 설명회를 열었다.

"아이들이 새롭게 들어오면서 종업원 노동력이 세 배가 됐으니 사업 방향을 전환하기로 했습니다."

응, 아랄의 노동력은 0.5로 생각하고 있으니 미네와 아랄의 노동력은 1.5. 그리고 새로 들어온 세 아이의 노동력인 3.0을 더하면 처음보다 세 배가 되는 셈이다.

우리 셋은『경영자』라서 노동력에는 포함되지 않는다.

뭐, 임원실에서 거들먹거리기만 하고 도움은 되지 않는 늙어빠진 임원 포지션이다.

……아니, 실제로는 판로를 개척하고 교섭을 벌이는 등 영업담당자로서 활동을 하겠지만.

그쪽은 우리 셋이 적당히 알아서 할 테니 업무분장의 대상에서만 제외됐을 뿐이다.

"현재 하고 있는 일은 세 배가 된 노동력의 절반, 다시 말해 현노동력의 1.5배를 할당하고, 나머지 사람들은 여러 일을 경험하면서 공부에 힘써줘야겠어."

여러 일들을 시키려는 이유는 해산물과 고기 가공뿐만 아니라 장래에 아이들이 취직할 가능성이 있는 여러 직업을 경험시켜 선택지를 늘리기 위함이다.

딱히 거창한 것은 아니다. 이 건물의 한편에 자그마한 가게를 차려서 소매판매업을 경험시키거나, 그곳에서 팔 만한 상품을 고안하거나, 상품 제작을 체험시킬까 한다……

공부는 우리 셋이 가르친다. 수학……은 아니고, 산수나 기초적인 과학적 사고법이나 장사의 마음가짐 등등.

이 나라에는 지극히 일부 예외를 제외하고 평민이 다닐 수 있는 학교가 없다. 만약에 아이들을 그런 곳에 보내더라도 전 고아들에게 공부를 제대로 시킬 리가 없겠지.

학교에 다니는 아이들은 아마도 귀족이나 부잣집 자제들일 거다. 고아 출신을 차별하고 괴롭히고 노예처럼 부리려고 들 테니 학교생활을 제대로 보낼 수 있을 리가 없을 것이다.

뭐, 그 이전에 현재 우리 처지에서는 그러한 곳에 입학시킬 만한 힘이 없었다.

더욱이 그런 곳에서『이 나라의 상층계급이 갖춰야 할 상식이나 국가 수준의 지식』을 배워본들 하층민에게는 아무런 소용도 없겠지.

그래서 내가 옛날의『여신의 눈』아이들에게 가르쳤던 내용을 이 아이들에게로 주입시킬 것이다.

아무 짝에도 쓸모없는 학문이나 흰소리가 아니라 살아가기 위해서 정말로 요긴하고 실용적인…… 아니,『실전적인』지식과 마음가짐을…….

어제 의논을 나눴을 때 레이코가 『그 아이들한테 그게, 필요할까……』 하고 말했지만.

……물론 『실용적인 지식』이 아니라 『실전적인 지식』이라고.

"""""예!"""""

그리고 당연히 아이들은 그렇게 대답할 수밖에.

공부라는 말에 거부감을 보일지도 모르겠다고 생각했다. 그러나 내가 말했기 때문인지 아니면 『지식은 스스로를 돕는다』는 사실을 잘 알고 있어서인지 다들 주저 없이 힘차게 대답했다.

착하다, 착해.

이제는 커리큘럼을 작성하고 다함께 새롭게 시작할 사업을 고민하자.

응, 우리 세 경영자끼리 정하지 않고, 아이들의 의견과 취향도 물어봐야지.

서두를 일은 아니다. 차근차근 해나가면 된다…….

**

"……그래서 『뒷벌이』 말인데…….."

아이들이 잠든 뒤 우리 셋은 지하사령부에서 비밀회의를 열었다.

아, 이곳은 『사령부』이기도 하고, 『비밀기지』이기도 하고, 『작전실』이기도 하다. 여러 호칭들이 있는데, 뭐, 우리 셋의 그날의 기분에 따라 마음대로 부른다.

"드디어 본격적인 공세 방어 작전을 개시하려고 해. 『방어하기 위해 적극적으로 우위를 점하자』 이 말이지. 구체적으로 말하자면 우리가 누군가의 악의에 노출됐을 때 도와줄 만한 『강력한 힘』, 『힘의 벽』을 손에 넣자는 뜻인데…….'"

"갓마즈(옛날에 방영됐던 일본의 로봇 애니메이션)?"

"무장연금(일본의 격투 활극 만화)?"

시끄러워!

"일단 중규모 이상의 상점이나 귀족을 포섭하는 작업은 순조롭고…… 영주님 쪽은 예상치 못한 일이 좀 있긴 했지만, 뭐, 무사히 우호적인 관계를 쌓아가고 있으니 문제없음. 그리고 그것과는 별개로 배신당할 우려가 없고, 우리의 뜻에 반하는 행동을 벌일 걱정이 없고, 또한 편리하면서도 강력한 힘을 스스로 마련할까 해. 절대적으로 안전하면서도 권위와 커다란 영향력을 갖고 있는 아군을…….'"

"엥! 그걸 어떻게……. 사람의 마음에 『절대』라는 건 없어. 눈앞에 돈이나 막대한 힘, 불로장생의 약 같은 걸 흔들어대면 그 어떤 사람도……. 게다가 우리의 정체를 전부 알려줘도 신경 쓰지 않을 사람은 거의 없을 텐데…….'"

쿄짱이 『어렵다』고 의사표시를 했다. 그러나 레이코는 내 의도를 짐작한 듯했다.

"쿄코, 그 있잖아. 쿄코를 절대로 배신하지 않을 사람이. ……그

리고 날 배신하지 않을 사람이랑 카오루를 배신하지 않을 사람
도……."

응, 역시 레이코는 알아줬구나?

그리고 이렇게까지 말했다면 쿄짱도 알아들었을 터.

"……우리……들…?"

정답~!

"그래. 우리 셋은 서로를 절대로 배신하지 않아. ……그러니 우
리가 『우리 스스로를 지키는 힘의 벽』이 되는 거야."

"의미를 잘 모르겠는데에!"

역시 이다음 부분을 설명해줘야 쿄짱이 이해를 하려나…….

"다시 말해 『리틀 실버』의 경영자인 우리를 도와줄 수 있는 유
력자를 만들어내는 거지. 유명하면서도 영향력이 큰 사람 말이
야. 그것도 매우 믿음직스럽지만 출신지나 가문 등은 숨긴 채 활
동하는 수수께끼의 미스테리어스한 인물……. 그리고 그 사람들
은 고랭크 헌터이기도 하고, 신예 상인이기도 하고, 대성녀이기
도 해. ……아, 어디까지나 『대성녀』야. 결코 『사도님』 같은 게 아
니고!"

"아……."

여기까지 설명하면 역시나 쿄짱도 알아듣는구나?

쿄짱은 언동이 조금 유치하긴 하지만, 결코 바보는 아니다. 정
의감이 투철하고 순진할 뿐이다.

"그래, 『변장한 우리』 말이야. 포션, 그 용기, 그리고 마법이 있

으면 변장쯤은 간단해. 목소리 변조도 포션이나 용기형 아이템, 마법으로 어떻게든 할 수 있고. 그리고 만약에 발각될 것 같다면 그 캐릭터용 변장도구를 다른 사람한테 써서 동시에 모습을 드러 내면『동일인물이 아니다』는 사실도 간단히 증명할 수 있어. 그렇 게까지 준비한다면 이 세계에서는 의심을 살 가능성이 거의 없을 거야. 일단 조력용 캐릭터는 각각 한 사람씩 맡기로 하고, 세 명을 마련하려고 해. 레이코랑 쿄짱도 이세계 생활을 좀 즐기고 싶지?"

어머, 쿄짱이 굳어버렸는데?

그리고…….

"뭐, 뭐야, 그게에에!!"

응, 잔꾀를 부릴 줄 모르는 쿄짱에게는 사고적인 허들이 조금 높았나…….

그리고 레이코는 태연한 얼굴이었다.

……뭐, 자주 봐왔던 일상이야.

**

"……그래서 그『캐릭터』를 각 방면에서 여러 활약을 시켜서 명 성과 신용을 쌓는다는 말이네?"

"응. 나랑 레이코는 마물이나 야수를 쉽게 사냥할 수 있고, 호 위 임무도 괜찮을 거야. 그리고 난 성녀님 흉내를 쉽게 낼 수 있 으니까. 상인으로 활동할 때는 포션이나 용기로서 만든 물건, 우주선에 적재된 식품을 이 나라의 용기에 넣어서 팔아도 되고. 사고를 다소 치더라도 문제없음. ……아니, 단기간에 화제를 모으려면 『사고』는 불가피해."

"……."

내가 사냥도 가능한 이유는 물론 쿄짱이 우주선에 적재된 무기를 줬기 때문이었다.

당연히 레이코도 받았다. 마법보다 빠르게 쏠 수 있으니까.

……쿄짱의 이름이 사냥 멤버에 들지 않은 이유는 뭐, 그거다.

제아무리 강력한 무기를 갖고 있더라도 『운동신경이 꽝인 사람』에게는 사냥을 시켜서는 안 된다. 그런 뜻이다…….

아, 내가 만들었던 『균, 독약, 기생충 등을 탐지 · 분해하는 팔찌』와 만능 포션도 두 사람에 건네줬다. 혹시 몰라서.

연락용으로 『음성공진 수정세트』도 주려고 했더니 『이게 더 사용하기 편하고 튼튼해』라면서 쿄짱이 통신기를 넘겨줬다.

끄으응…….

어쨌든 우리는 마음만 먹으면 신인 헌터, 상인, 그리고 성녀로서 화려하게 데뷔하여 금세 두각을 드러낼 수 있다는 뜻이었다.

……눈에 띄는 걸 싫어하지 않았느냐고?

눈에 띄는 건 우리가 만든 가공인물이지 『리틀 실버』의 우리가 아냐.

세세한 건 따지지 마~!

"그럼 캐릭터는 『헌터, 캔디다(통칭 캔)』, 『상인, 사라에트(트레이더 상점)』, 『성녀, 에디스』로 결정한 거다?"

""이의 없음!""

음음.

"외모는 이따가 진득하게 논의하자."

""이의 없음!""

웅, 우선은 누가 어떤 캐릭터부터 맡을지 결정해야겠네. 캐릭터를 제작할 때 담당자의 의견을 대폭 반영하기로 하자.

거의 코스프레나 역할 연기(롤플레잉)를 하는 기분이었다.

……그리고 각 캐릭터를 누가 맡을지는 고민할 필요도 없었다.

헌터 : 레이코.

상인 : 쿄짱.

성녀 : 나, 카오루.

웅, 이 이외의 조합은 생각할 수가 없다.

적재적소.

소거법.

……상인이 약점이네.

치밀어 오르는 불안감.

레이코도 조금, 아니, 꽤 걱정하는 눈치.

쿄짱만 활짝 웃고 있다.

……안 돼, 점점 불안해진다…….

헌터의 이름은 흔한 『캔디다』라고 지었지만, 통칭은 『캔』으로.

전투를 생업으로 삼는 자는 호칭이 길면 불리하다. 이름이 긴 사람은 약칭으로 부르는 게 보통이라서 이를 따랐다.

상인의 상점 상호는 적당히.

본인의 이름을 썼다가는 훗날 상호를 성으로 삼도록 허락받았을 때 난감해지므로 그것을 고려했다.

성녀는 성도, 상호도 없으니 평범하게 이름만.

"당연하지만 동일한 도시에 전력이 집중되면 너무 부자연스러우니 분산하자. 왕도는 거리가 조금 멀고, 왕궁이나 귀족이 금세 들러붙으려고 할 테니 패스. 이 부근의 도시에 분산하자. 이 도시에서 별로 멀지 않은 범위에 적당히 흩어지고, 그리고 영주한테 문제가 없는지 신중하게 검토하자. 역할 연기는 매일하는 게 아니니 근처라면 마법이나 육체강화 포션을 쓰면 이동하는 데도 문제가 없을 거야. 헌터는 정착형이 아니라 방랑형. 도시에 숙소를 잡지 않고 해당 도시의 헌터 길드를 중심으로 행동하고, 기본적으로 『도시나 길드에 용무가 있을 때만 나타나는 수수께끼의 헌터』로 설정하자. 성녀도 그 도시를 기점으로 마을들을 돌아다니는 순회형으로 설정해둔다면 도시에 머무는 일수가 적더라도 아무도 괘념치 않겠지. 상인은 빠르게 가게를 가져야만 하니 여기서 가까운 도시를 활동거점으로 삼고서……. 무슨 의견 있어?"

"이의 없음! ……근데 우리, 아까부터 이 말만 하잖아!"

"뭐, 구상이 잘 됐고, 카오루의 방침에 딱히 문제가 없으니까. 이제는 더미 캐릭터의 용모나 성격, 구체적인 활동 방침 등을 채워 넣으면 되는 거 아냐?"

쿄짱과 레이코 모두 특별히 반대 의견이 없는 모양이니 이렇게 가도록 할까?

뭐, 만약에 무슨 일이 생기더라도 『그 인물(캐릭터)』이 죽었거나, 먼 나라로 떠났다고 해두면 된다. 이 나라의 자그마한 사업소인 『리틀 실버』나 우리와는 아무런 관계도 없으므로 문제없다.

그리고 다음에 또 『새로운 기대주』를 등장시키면 된다. 수수께끼의 여성이 어디선가 뜬금없이 나타나서…….

응, 문제없어, 없어!

그리고 우리는 함께 아이들의 작업과 교육 스케줄을 짜면서 교대로 여기저기를 돌아다니며 탐문과 현지 조사를 벌였다. 그런 식으로 주변 도시의 정보를 수집해나갔다…….

**

딸랑딸랑.

귀에 익은 도어벨 소리가 들리자 헌터와 길드 직원의 시선이 일제히 출입구 쪽에 쏠렸다.

늘 있는 일이었다.

그렇다. 매일 수십 차례, 수백 차례 되풀이되는, 반쯤 반사조건으로 굳어버린 습성이었다.

그리고 길드 지부에 들어온 사람을 확인하고서 원래 상태로 되돌아간다. 평소였다면…….

……설령 그 사람이 낯선 인물일지라도.

헌터 등록을 하러 온 신인. 의뢰를 하러 온 사람. 다른 도시에서 수주한 의뢰 때문에, 혹은 여행하다가 도중에 들린 사람. 어쨌든 자신에게 아무런 이득도, 손해도 주지 않는 무관계한 사람임을 안다면 흥미를 잃는다.

……그래, 평소였다면…….

곧장 접수창구로 향한 그 소녀는 이 나라 사람들의 눈에는 열대여섯 살쯤으로 보였다.

금발에다가 체격은 균형이 잡혔다. 비율만 보면 열일곱, 열여덟 살쯤으로 보일 수도 있겠다. 그러나 체격은 비교적 굴곡이 상당하지만 키는 조금 작았다. 그래서 그보다는 나이를 조금 어리게 봤겠지.

그리고 그녀는 값이 그럭저럭 나갈 것 같은 새 가죽 방어구를 착용했고, 단검도 차고 있었다.

"헌터 등록을 부탁합니다."

"아, 어, 예!"

신인 헌터 등록은 일상 업무였다. 그러므로 접수처 아가씨가 의아해할 이유가 없었다.

없어야 했는데…….

그 소녀는 보통 신인과는 조금 달랐다.

남성은 입에 풀칠이라도 하려고 헌터가 되려는 사람이 많기에 다양한 연령대의 사람들이 신규 등록을 하려고 찾아온다.

그러나 여성은 시골에서 입을 줄이려고 팔아넘기려고 하자 도망쳐 나왔거나, 고아가 등록할 수 있는 나이가 돼서 찾아온 경우가 대부분이었다. 열다섯 살 성인을 맞이한 여성이 험악한 밑바닥 업계에 뛰어드는 경우는 별로 많지 않았다.

헌터 경험이 없는 성인 여성이 찾을 수 있는 직업은 상인 집안의 사용인, 점원, 잡역부(메이드 오브 올 워크), 바느질쟁이 등등 여러 가지가 있었다. 그러므로 굳이 경험해본 적도 없는 위험한 직업을 택해야만 하는 이유는 없었다.

애당초 가격이 제법 나가는 새 장비를 갖출 만 한 돈이 있다면 적어도 급히 헌터가 되어야만 할 필요는 없을 것이다. 단검과 방어구 모두 너덜너덜한 중고품이 아닌 한 상당히 비싸니까…….

겉모습도 반반하게 생겼고, 처음부터 번듯한 장비를 착용하고 왔다면 어느 지체 높은 가문의 아가씨가 놀러왔을 가능성이 높았다.

그러나 그 소녀에게는 그럴 경우에 꼭 붙어 있어야할 것이 없었다.

그래, 호위를 맡은 고랭크 헌터나, 헌터로 분장한 기사. 감시역. 그런 사람들이 하나도 붙어 있지 않았다.

······수상하다.

너무나도 부자연스럽고 수상했다.

그러나 헌터 길드는 오는 자를 막지 않는다.

······나이가 기준에 못 미치는 사람과 범죄자를 제외하고는.

연약해서 싸울 수 없을 것 같은 사람도 도시 내에서 넘쳐나는 잡일과 소재 채취 의뢰쯤은 문제없이 수행할 수 있다.

그러한 저랭크용 의뢰도 의뢰였다. 누군가가 수주해주길 바라는 일거리이자 길드의 중요한 수입원이었다.

······눈앞에 서있는 소녀는 도저히 그러한 잡일 전문 헌터가 될 생각이 없는 듯했다.

접수처 아가씨는 그렇게 생각하면서도 이미 반사적으로 업무를 수행했다.

카운터 아래에서 익숙한 손놀림으로 해당하는 용지를 한 장 꺼내더니 깃털 펜과 함께 소녀에게 내밀었다.

"등록신청서입니다. 글자는······."

"예, 괜찮습니다."

그럴 줄 알았지만, 일단은 절차대로 확인해봤다.

이 소녀가 글씨를 쓸 줄 모른다고 생각하는 사람은 한 명도 없겠지.

그리고 접수처 아가씨가 신청서를 작성하는 소녀를 응시했다.

보통은 타인을 물끄러미 쳐다보는 것은 결례다. 그러나 소녀는 신청서를 쓰고 있으므로 들킬 리가 없어서 곰곰이 관찰했다. 그리고 이 접수처 아가씨뿐만 아니라 다른 길드 직원이나 헌터들도 마찬가지였다.

　금발에다가 가지런한 용모. 균형 잡힌 비율. 약간 작은 키.

　얼굴은 햇볕에 탄 흔적이 없었고, 깃털 펜을 쥔 손은 가늘고 예뻤다. 물일에 찌들어서 거칠어진 느낌도, 검을 단련하다 보면 으레 생기는 굳은살도 보이지 않았다. 그리고 신체의 중심 밸런스와 몸놀림, 주변을 경계하는 마음가짐도 도저히 무술을 습득한 사람 같지 않았다.

　……다시 말해 헌터가 되기 위해서 수행한 것처럼 보이지 않는 생초보다. 하급 귀족이나 대형 상점의 아가씨라고 소개한다면 가장 와닿을 듯했다.

　그녀가 몸에 두른 가죽 갑옷(레더 아머)과 허리에 찬 단검은 어떤가.

　단검이라고는 했지만 보병검(숏소드) 같은 무기는 아니었다. 그러나 나이프처럼 아예 짧지도 않았다.

　총길이가 50센티미터쯤 되는, 단검치고는 약간 기다란 부류에 속하는 검사의 예비무기, 혹은 창잡이나 활잡이의 호신용 무기. 몸집이 작고 무력한 사람이 쓸 법한 무기였다.

　그리고 허리 벨트에는 단검 외에도 여러 가지가 달려 있었다.

　자그마한 은색 상자. 수통으로 보이는 통. 가죽 주머니.

그녀는 포션으로 머리와 피부, 눈 색깔을 바꿨다. 또한 왼쪽 손목에 달린『포션 용기(팔찌)』에는 얼굴 생김새를 광학적으로 변경하고, 목소리도 변조해주는 기능이 탑재됐다.

포션 효과와 중복된다. 그러나 만약에 팔찌에 예기치 않은 문제가 발생한다면 적어도 머리와 피부와 눈 색깔만은 변하지 않기에 한 팔로 가볍게 얼굴을 가리거나 몸을 뒤로 돌리면 잠시나마 눈속임을 할 수 있으리라 판단했다.

이 세계에는 전기 조명이 없어서 야간에는 어둑하다. 시인성이 떨어진다는 점이 유리하게 작용하겠지.

잠시 속여 넘긴 뒤 현장에서 얼른 이탈하면 된다.

또한 눈에 비치는 머리 높이와 실제 높이가 다르다면 무언가에 부딪쳤을 때 시선의 방향(부각(俯角), 앙각(仰角))이 틀어져 들통날 수도 있으므로 그것을 막기 위해 키는 바꾸지 않았다. 또한 어깨 위치가 실제와 다르다면 검을 휘두를 때도 위화감이 생기고 만다.

캔디다

길드 안에 있는 사람들이 주목을 하는데도 전혀 괘념치 않고 신청서를 작성하고 있는 헌터를 지망하는 소녀,『캔디다』.
······『내용물』은 물론 레이코였다.

제64장 신인 헌터

"이걸로 됐나요?"

레이코는 신청서를 다 적고서 접수처 아가씨에게 내밀었다.

"아, 예. 잠시만 기다려주시길······."

기입할 사항은 매우 적었다. 기다란 주소명은 없고, 애당초 출신지 등을 적는 것은 임의였다. 그러므로 확인도 고작 몇 초 만에 끝났다.

"그럼 길드증을 만들어드릴 테니 잠시만 기다려주십시오."

길드증이 완성되기까지 시간이 얼마나 걸리는지 전혀 모르기에 레이코는 음식 코너에 가지 않고 의뢰 보드를 쳐다보며 시간을 보냈다.

만약에 금속판에 각인이라도 한다면 시간이 꽤 걸릴 테고, 종이쪼가리에 이름과 등록번호만 기입하는 형태라면 몇 분도 채 걸리지 않겠지. 그래서 예상 시간을 짐작할 수 없을 수밖에.

KKR 세 사람은 헌터 길드와는 거의 얽혀본 적이 없으므로 관련 정보를 전혀 갖고 있지 않았다.

외부인이 길드에 관해 너무 꼬치꼬치 캐묻는다면 쓸데없는 관심을 끌 수도 있다.

지금『리틀 실버』소녀들이 헌터 길드에 흥미가 매우 많다고 인식되는 것은 위험했다.

더욱이 사전에 굳이 정보를 수집하지 않더라도 그 정도는 신인 헌터로서 실시간으로 배우면 될 뿐이었다.

헌터.

도시의 잡일, 상단 호위, 그리고 마물이나 위험한 야수를 사냥하는 것을 생업으로 삼은 사람들.

이 세계에는 마물이 확실히 존재한다.

최초에 카오루가 세레스에게 확인했을 때 세레스가『마물은 있다』고 했고, 그것을 사냥하는『헌터』라는 직업과 그들을 관할하는 길드가 있다고도 했다.

……판타지 소설에 나올 법한 수수께끼의 과학력(마도구?)으로 제작한 신기한 기능이 부여된 길드 카드가 있거나, 국가를 초월한 권력을 지닌 수수께끼의 조직도 아니었다. 거의 중개소나 알선업체 같은 존재인데…….

그리고 헌터는 사회적 지위가 낮다. 그 아래에는 양아치와 노숙자, 고아밖에 없다고 할 정도로 낮았다. 거의 바닥이었다.

그럼에도 일확천금을 노릴 수 있다는 꿈은 있다. 왕궁 기사를 웃도는 실력을 지닌 지극히 일부 헌터는 전국 수준의 유명인이 된다.

그들은 영웅 대우를 받고, 때로는 왕궁이나 귀족이 부하로 고용하기도 한다.

그리고 영웅 클래스가 된다면 하급 귀족이나 지역 유지를 능가

하는 영향력을 갖게 된다. 주민들의 열렬한 지지에 힘입어서 압정(壓政)을 자행하던 악덕 영주를 타도한 적도 있다고 한다.

지금껏 레이코와 카오루가 마물과 인연이 없었던 이유는 기본적으로 무력한 두 사람이 그런 존재와 맞닥뜨릴 가능성이 있는 행동을 무조건 피해왔기 때문이었다.

여행할 때도 지역 조직이 마물을 청소(스위프)한 주요 가도만을 이용해왔고, 밤에는 반드시 마물·야수 퇴치용 약품(포션)을 썼다.

그래서 레이코와 카오루는 여태껏 직접 조우한 적은 없었지만, 마물이 있기는 있었다.

식용 뿔토끼와 오크도.

……그리고 위험한 오우거, 뿔곰, 용종(龍種) 등도…….

두 사람도 접시 위에 오른 요리까지 포함한다면 마물과 여러 번 만난 적이 있었다.

쿄코도 아마 비슷하겠지.

그리고 레이코가 여러 생각을 하면서 의뢰 보드를 쳐다보고 있으니…….

"……이봐, 너, 신참이냐? 우리 파티에 끼워주지."

(왔다~!!)

((((((아아아아아아아아아~앗!!))))))

『약속』된 전개가 벌어지자 레이코가 마음속으로 쾌재를 불렀다.

그리고 노골적으로 『경솔하게 건드려서는 안 되는 상대』오라를

풀파워로 풍겨대는 소녀에게 말을 건…… 그것도 명백히 『바람직하지 않은 속셈』을 품은 남자를 보고서 직원과 헌터들이 머리를 싸쥐었다.

"……사양할게. 난 나보다 약한 남자의 뒤치다꺼리를 해주는 취미는 없거든."

((((((말투!!))))))

소녀가 남자의 권유를 거절할 것은 모두가 예상했다.

남자의 비열한 태도로 보아 그가 소녀를 도구나 장난감처럼 갖고 놀다가 소녀의 친가로부터 금품이나 뜯어낼 작정임이 뻔히 보였기 때문이었다.

……그러나 모두들 소녀가 그 권유를 조금 더 온건하게 거절할 줄 알았다.

뭐, 온건하게 거절했더라도 남자가 이토록 괜찮은 돈줄을 포기할 리가 없었겠지만.

다른 헌터들은 모두 알고 있었다.

그래, 그 『돈줄』에 특대 가시가 돋쳐 있다는 사실도 눈치채지 못할 만큼 저 남자는 멍청했기에…….

"이, 이 아마추어가……. 뭣도 모르는 꼬맹이가 건방을 떨다니……."

남자의 말은 옳았다.

확실히 레이코는 헌터 업무나 전투에 관해서는 문외한이었고, 꼬맹이인 것도 맞았다…… 그리고 조금 건방졌던 것도 사실이었다.

소설에서 익히 등장하는 전개.

그리고 레이코는 헌터로 등록하자마자 바로 찾아온 『이름을 떨칠 기회』에 들떠있었다.

"어, 결투인가요? 자, 어서 하죠. 당장 하죠!"

""""""""뭐어어어어어어…….""""""""

직원과 헌터들은 어처구니가 없었다.

그리고 당사자인 남자도 중간 대화를 세 차례쯤 건너뛴, 스피디하다고 해야 하나, 급전개라고 해야 하나, 어쨌든 너무나도 빠른 전개에 따라가지 못하는 눈치였다.

"아, 아니, 저기, 뭐냐, 으음…… 어, 그래……."

""""""""수락했잖아아아아아~~!!""""""""

"아……."

그리고 무심코 결투를 받아들이고 말았다.

"왜 이렇게 됐지……."

※※

길드 지부의 뒤뜰에 있는 훈련장.

그곳에서 훈련을 하던 사람들이 일단 훈련을 중지하고서 길드 건물에서 줄줄이 나온 구경꾼들과 함께 훈련장 가장자리로 모여들었다.

그리고 훈련장 중앙 부근에는 서른을 넘긴 C랭크 남자 헌터와 열대여섯 살로 보이는 훌륭한 외모의 소녀가 서있었다.

소녀가 장착한 장비는 새것이었고, 겉모습과 몸동작만 봐도 명백한 초보자였다.

보통은 소녀가 순식간에 굴복당하고서 남자에게 둘러매져 어디론가 끌려가겠지.

……그러나 도저히 바보처럼 보이지 않는 총명한 소녀가 눈에 뻔히 보이는 결과를 초래할 리가 없었다.

구경꾼들은 그렇게 생각하고서 흥미진진하게 전개를 지켜봤다. 그리고…….

"누가 동화 1닢을 제공해줄 수 없을까요?"

소녀가 구경꾼들을 향해 무언가를 부탁했다.

"좋아, 내가 내지!"

그리고 한 헌터가 주머니에서 자루를 꺼내더니 안에서 동화 1닢을 끄집어냈다.

"고마워요. 그럼 가까이에 있는 분, 그 동화가 정말로 평범한 동화인지 확인해줘요."

그리고 양옆에 있는 남자들이 확인하여 특이점이 하나도 없는 평범한 동화임을 증명해줬다.

구경꾼들은 소녀가 동화에 어떤 『장치』도 없음을 증명하기 위해서 이런 부탁을 했다고 생각했다. 그러나 실은 『진짜 평범한 동화이며 소은화가 아님』을 레이코가 간접적으로 확인하기 위해서였다. 만약에 동화가 아닌 다른 물체이거나, 흠집이나 어떤 표식이 새겨져 있어서 다른 동화와 구분할 수 있다면 곤란하므로…….

"……그럼 그걸 포물선을 그리듯 내 쪽으로 던져줘요."

레이코가 그렇게 말하고서 허리에 찬 단검을 조용히 뽑았다.

이렇게까지 했으니 레이코가 무엇을 하려는지 뻔히 보였겠지.

……그러나 설령 뻔히 보일지라도 그것은 절대로 실현할 수 없는 일이었다.

"……아, 알겠다. 그럼 간다…….."

남자는 조용히 동화를 쥔 오른손을 뒤로 당겼다가 궤적이 포물선을 그릴 수 있도록 언더스로 자세로 살며시 던졌다. 그리고…….

휴웅!

챠리링!

훈련장 바닥에 떨어진 파편을 하나씩 주운 두 구경꾼이 아무 말 없이 그것을 다른 사람들에게 내밀었다.

"야, 양단됐다…….."

"말끔한 단면. 정확히 두 동강을 냈어…….."

"귀신 같은 솜씨야…….."

구경꾼들이 입을 다물었다.

결투 상대는 얼굴이 창백해졌다.

"비기, 동화 베기!!"

그리고 레이코는 의기양양해했다.

마법 말고는 별 재주가 없는 레이코가 어떻게 이런 일을 해냈을까?

그 이유는 이것이었다.

던져진 동전이 접근해왔을 때 동화를 향해서 단검을 휘둘렀다.

그리고 아이템 박스에 그 동화를 수납하고서 동시에 같은 지점에『미리 두 조각으로 절단해두고서 아이템 박스에 넣어뒀던 동화』를 꺼내 출현시켰다.

발도를 그렇게 빨리 할 완력은 없으므로 검을 미리 뽑아뒀다. 그리고 적당히 가볍게 휘두르기만 했다. 그 정도는 레이코도 가능했다.

……단순한 작업이었다.

그리고 레이코의 아이템 박스에는 두 조각으로 절단됐거나, 네 조각으로 절단된 동화나 은화가 여러 개 들어 있다.

아무도 지금 베었다고는 말하지 않았다.

이것은『비기, 동화 베기』라는 이름의 마술이자 단순한 퍼포먼스였다.

아무도 거짓말을 하지 않았다…….

레이코의 장기인 마법을 써서는 안 됐다.

이 세계에는 드래곤이 쓰는 브레스나 비행 마법을 제외하고는 실용적인 마법이 거의 없었다. 인간이 구사할 수 있는 마법은 연구실에서 양초에 불이나 붙이는 수준이었다.

그러므로 자칫 실용적인 마법을 보인다면 헌터로서 명성을 쌓겠다는 수준을 훌쩍 뛰어넘고 말 것이다.

왕궁과 신전과 학자, 상인들이 몰려들어서 거동을 못하게 되 겠지.

그리고 그 후에는 레이코 쟁탈전과 결혼중개인(탑브리더)들의 암약이⋯⋯.

그것은 이번 목적에서 조금⋯⋯ 아니, 크게 벗어난다.

역시나 사태가 그 지경까지 커진다면 제어 불능 상태에 빠지고 말 것이다.

그러므로 레이코는 어디까지나『상식적인 능력』으로 출세할 작 정이었다.

다만 아무도 모르기만 하면 되므로 방어 마법이나 들키지 않는 수준의 공격 마법은 아무 주저 없이 사용한다.

⋯⋯물론 남이 보지 않는 곳에서는 무엇을 하든 상관없다.

그런 식으로『평범한 헌터』로서 랭크를 올려나갈 예정이었다.

평범한 헌터로서⋯⋯.

"그럼 시작할까요? 아, 난 아직 등록증을 받지 못했으니 현재 는 아직 일개 민중이에요. 그러므로 현 상황은 용무가 있어서 헌 터 길드를 찾은 일반인 여성이 헌터와 시비가 붙어 싸움이 벌어 진 상태죠. 내가 부상을 입거나, 죽임을 당하기라도 한다면 헌터 의 습격을 받고서 일반 여성이 살해됐다고 처리해줘요. 반면에 내가 당신을 죽였을 경우에는 정당방위로⋯⋯. 이토록 수많은 증인들이 계시니 문제는 없겠죠?"

(((((((너, 너무해애애애애애애~~!!)))))))

이렇게 밑밥을 깔아뒀으니 레이코에게 집적거렸던 남자는 도저히 싸울 수가 없었다.

대체 어떻게 될까…….

구경꾼들은 걱정했지만, 이내 그 걱정은 소용없게 됐다.

"죄송했습니다아!"

남자가 순순히 고개를 숙였다.

역시나 넙죽절까지는 올리지 않았지만……이 일대에 넙죽절이라는 풍습이 있는지는 모르겠다……진심이 느껴지는 사죄 태도였다.

아마도 남자가 드디어 저 소녀가 『집적거려서는 안 되는 상대』임을 알아차린 듯했다.

일단 중견 헌터로서 그 나이까지 연명해온 가락이 있기는 한지 최소한의 위기 감지 능력은 갖춘 듯했다.

만약에 전투가 벌어졌더라도 레이코는 딱히 곤란하지 않았다.

신체 강화 마법, 신체 방호 마법 등등 마법을 구사했음을 들키지 않고 이길 수 있는 방법은 얼마든지 있었다. 만약에 부상을 당하더라도 치유 마법도 있고, 카오루가 준 대량의 포션도 있었다.

망한다면 도망쳐서 얼굴을 바꾼 뒤 다른 도시에서 다시 시작하면 그만이었다.

몇 번이고 다시 시작할 수 있으니 매우 안심이 됐다…….

**

"캔디다 씨, 길드증이 다 됐습니다!"

접수처 여성 직원이 부르자 레이코는 창구로 가 펜던트를 넘겨받았다.

"F랭크 길드증입니다. 목에 건 뒤 펜던트 탑을 옷 속에 넣어주세요. 자신의 랭크를 과시하고 싶다면 밖으로 꺼내도 딱히 상관없지만, 숲속을 다니다가 나뭇가지에 걸리거나, 마물의 뿔이나 송곳니에 걸리는 것도 본인 책임이니……. 평소에는 옷 속에 넣어두고 지내다가 성문이나 국경을 지날 때, 파티를 맺을 때, 의뢰를 받을 때에만 꺼내 보이는 걸 추천해요."

레이코는 절대로 옷 밖으로 꺼내지 않겠노라 굳게 맹세했다.

신청서에 처음부터 조금 높은 랭크부터 시작할 수 있도록 특기나 경력을 기입하는 란이 있었다. 그러나 레이코는 그곳에 아무것도 기입하지 않았기에 가장 아래 등급인 F등급부터 시작했다.

『벼락출세 전설』을 이룩하기 위해서는 가장 밑바닥부터 시작해야만 임팩트가 있으리라 판단했다.

"카드가 아니구나……."

그리고 레이코는 옛날에 읽었던 소설을 떠올리고는 무심코 그렇게 내뱉고 말았다.

"아, 옛날에는 카드였다고 하는데, 바보…… 아니, 헌터분들이 금세 떨어뜨리거나 분실하는 바람에 펜던트 형태로 바꿨다고 합니다."

"……."

접수처 아가씨의 설명에 레이코는 왠지 납득했다.

확실히 쭉 둘러보니 헌터들 중에는 거칠고 덜렁거릴 것 같은 사람들이 많았다.

그 모습을 본 레이코는, 만약을 위해 이것은 확인해야겠다고 생각했다.

"저기~ 만약에 다른 헌터가 습격한다면 반격해도 상관없겠죠?"

그리고 그 질문에 대한 접수처 아가씨의 대답은…….

"그건 개인 간의 문제이니 본 길드와는 관계가 없습니다. 그러므로 평범하게 경비병을 부르시면 국법에 의거하여 처분해줄 겁니다. 본 길드는 사법권을 갖고 있지 않으니까…….."

"아……."

생각해보니 당연한 이야기였다. 일개 인재파견회사라고 해야 하나, 직업알선소라고 해야 하나, 중개소 따위에 그러한 권한이 있을 리가 없었다.

"다만 길드 건물 안에서 난동을 부려서 가구나 집기들을 부수거나, 업무를 방해한다면 보상금 요구와 함께 영구제명을 포함한 처분을 내리는 경우도 있습니다. 또한 건물이 파손되는 것을 방지하고, 길드 직원의 안전을 확보하기 위해서 경비원이나 현장에 있는 헌터들의 협력을 구하여 어쩔 수 없이 『정당방위적인 행위』나 『예비조치적인 행위』를 취할 수도 있습니다."

……다시 말해 행패를 부렸다가는 몰매를 맞을 수도 있다는 뜻이었다.

"그렇구나……."

접수처 아가씨의 설명을 듣고서 레이코는 납득했다.

"참고로 말로만 협박을 받았다면 모르겠지만, 상대가 무기에 손을 대거나, 신체를 붙잡는다면 전력으로 반격하더라도 정당방위는 성립합니다. 그 경우에는 상대를 죽이거나 팔다리를 잘라버리더라도, 죄를 일절 묻지 않고 보상금도 요구할 수 없습니다. 그리고 피해자인 캔디다 씨의 증언과 희망에 따라 상대는 범죄 노예가 될 수도 있습니다. 피해자가 사태를 원만하게 끝내고 싶어서 자비를 베풀어 단순한 싸움으로서 끝내는 경우가 있고요. ……어디까지나 『그러한 경우도 있다』는 것뿐입니다만……."

아무래도 치안이 제대로 유지되고 있는 듯했다.

어디까지나 언어 협박에 굴하지 않고 반격할 수 있는 사람에게만 해당하는 모양이지만…….

"그럼 어쨌든 내게 해를 가하려는 자가 나타난다면 죽이든, 두 눈을 찌르든, 팔다리를 날려버리든 전혀 문제가 없다고 생각해도 되는 거죠?"

"예, 그렇게 생각하셔도 무방합니다."

"""""""……."""""""

레이코가 진지한 얼굴로 접수처 아가씨와 나눈 대화를 듣고서 헌터들이 창백해진 얼굴로 식은땀을 흘렸다.

아마도 레이코…… 캔디다가 이곳에서 안전할 확률이 크게 향상된 듯했다.

"헌터 길드의 규약과 헌터의 신분, 업무 내용 등에 관해 자세한 설명을 원하신다면 담당자로 불러드릴 수 있습니다만……."

"어? 그럼 길드증을 제작하는 동안에 설명해줬으면 좋았을 텐데……."

"그 시점에 캔디다 씨는 아직 길드증을 소지하지 않으셨으므로 길드원으로서 서비스를 받을 자격이 없으셨던지라……."

"무슨 공무원이냐!"

레이코는 그렇게 말했다. 불과 방금 자기 입으로 길드증을 아직 받지 못했으니 아직은 일반인이라고 크게 떠들어댔던 과거는 잊어버렸던 걸까…….

……그러나 새삼스레 따져본들 소용없었다.

"부탁합니다……."

그리고 레이코는 다른 방에서 신참 헌터의 기초 소양에 관해서 착실히 설명을 들었다…….

**

30분이 넘는 설명을 듣고서야 레이코는 비로소 해방됐다.

(어떤 의뢰가 있는지 어디 살펴볼까…….)

아까 전에 의뢰 보드를 보자마자 시비가 붙었기 때문에 현재 자신은 도저히 수주할 수 없는 상위 랭크용 의뢰만 조금 살펴봤다. 그러므로 이번에는 자신도 수주할 수 있을 만한 의뢰, 다시 말해 자신의 랭크보다 한 단계 위인 E랭크 이하를 살펴보기 시작했는데……

"……너, 등록한 지 얼마 안 된 신참이니?"

(((((아아아아아아아아아~앗!!))))))

안에 있던 헌터와 길드 직원들이 마음속으로 비명을 질렀다.

방금 와서 아까 전의 소동을 모르는 한 남자가 또다시 레이코…… 캔디다에게 말을 걸었다…….

"……어, 뭐, 방금 길드증을 받긴 했는데……."

레이코가 대답하자 청년이 만족스레 고개를 끄덕였다.

"그럼 우리 파티에 끼워줄게. 우린 젊은이들로만 구성돼서 나이도 가깝고, 여성도 있으니 안심할 수 있거든. 신참이 혼자서 활동하면 너무 위험하고, 남성만 득실거리는 파티에 등 떠밀려 들어가게 되면 저기, 여러모로 큰일이 나니까……."

그렇게 권유한 사람은 일본인인 레이코의 눈에는 20대 중반쯤으로 보이지만, 이곳의 기준으로는 스무 살이나 그보다 조금 더 어린 것으로 추정되는 청년이었다.

그리고 그 뒤에는 네 남녀가 있었다. 비슷한 또래의 남자와 여자, 각각 두 명씩.

아까 그 남자와는 달리 악의가 있는 것처럼 보이지 않았다. 그러나 보통 악의를 풀풀 풍기면서 말을 거는 사기꾼은 없다. 신참을 속여서 인신매매업자에게 팔아넘기는 일당이나, 말단이랍시고 박봉으로 부려먹으려는 간악한 사람일 가능성을 부정할 수 없었다.

그러나 더러운 속셈을 품고 있다는 증거도 없는데 젊은 헌터들을 함부로 대할 수도 없었다.

그렇다고 해서 막 시작한 파티에 가입할 마음은 더더욱 없었다. 그러므로 온건하게 거절할 수밖에 없었다.

"……나, 걸림돌은 필요가 없어서……."

((((((말투!!))))))

오늘은 헌터와 길드 직원들의 마음이 하나로 일치하는 경우가 많았다.

"어……."

얼핏 열대여섯 살로 보인다.

방금 헌터로 등록했다.

체격, 근육, 가냘프고 깨끗한 팔을 보니 단련한 흔적이 전혀 없다.

동작을 보니 무술을 전혀 익힌 것 같지 않다.

가죽 방호구도 몸의 일부만을 보호해주고 있다.

……그리고 무기와 방어구 모두 흠집 하나 없는 새것이다.

""""""아아, 망상병 환자!""""""

"아냐아아!"

그래, 이 세계에도 일본의 『중2병』과 비슷한 단어가 있었다.

그리고 레이코의 번역 기능은 그 단어를 정확히 해석했다.

"어쨌든 상대가 어떤 인물인지, 어떤 직종(잡)인지도 확인하지 않고 무작정 권유하는 걸 보니 변변치 않은 파티일 것 같아서 사양합니다."

"""""어……."""""

레이코에게 말을 걸었던, 리더로 추정되는 남성을 제외하고 나머지 네 사람이 납득하며 목소리를 흘렸다.

레이코의 말에 너무나도 설득력이 있었기에…….

헌터 중에는 마술사 따윈 없었다. 설령 있다고 해도 30분쯤 영창하여 촛불 하나 켜본들 아무런 의미가 없다.

게다가 활을 소지하지 않고 단검만 장비한 레이코는 얼핏 전위형으로 보일지도 모르겠다. 그러나 단련한 흔적이 없는 가냘프고 작은 몸과 빈약한 가죽 방어구, 그리고 체격에 맞춰서 검이 아니라 리치가 짧은 단검으로 무장한 것으로 보아 전위형이라고 보기에는 다소 어려웠다.

그러므로 주무기인 활을 정비하려고 맡겼다든가, 거리를 돌아다니기에는 거추장스러운 창이 아닌 호신용 단검만을 차고 있다든가. 떠올려볼 수 있는 상황이 많았다.

그런데 그런 사항을 확인도 하지 않고 권유했다는 것은 상대를 전력감으로 본 게 아니라, 젊은 여성을 다른 목적으로 권유했다고 의심하는 게 당연했다.

"뭐라고! 나, 난 단지 귀엽게 생긴 신참 여자가 혼자서 활동하는 건 위험하고, 질 떨어지는 녀석들한테 걸려들었다가는 큰일 날 것 같아서…….”

“““““……”””””.

리더가 황급히 변명하자 다른 네 멤버와 레이코가 차가운 시선으로 쏘아봤다.

보통은 상대의 직종이나 파티원과의 상성을 고려하지 않고 신참에게 말을 걸지 않는다.

자신들의 생존률을 크게 낮추면서까지 타인을 염려하는 바보같은 헌터는 없고, 동료와 논의도 하지 않고 독단으로 결정하는 리더가 있다면 보통 그 파티는 해산이다. ……다른 멤버가 실망해서.

즉, 다른 파티 멤버와 레이코, 그리고 이 안에 있는 헌터와 길드 직원들 모두는 이렇게 생각했다.

((((((미소녀라는 이유만으로 파티에 넣으려고 했구나…….))))))

**

“……그래서 결코 불손한 의도가 있었던 건 아냐!”
“범죄자분들은 모두 그렇게 말씀하시죠…….”
“아니, 그게 아니라고!!”
그로부터 청년은 필사적으로 계속 설명했다.
저 젊은이 파티의 리더 이름은 리프다.

그러나 그 필사적인 해명을 아무도 믿어주지 않는 눈치였다. ……자신의 파티 멤버조차…….

그가 그렇게 행동했던 데에는 나머지 네 파티 멤버가 …… 남녀 각각 둘…… 마치 두 쌍의 커플처럼 꼭 붙어 있는 것이 영향을 미쳤는지도 모르겠다.

"그럼 무슨 이유로 날 권유했으며 왜 그런 배려를 하려고 한 거죠? 내가 신참이라는 이유 말고, 파티에 무슨 이득이 있어서?"

"으……."

레이코가 지적하자 리프는 대답하지 못했다.

그리고…….

"후위야! 넌 후위로서 원거리 공격을 담당하고, 그리고 적이 접근하여 근접 전투가 벌어진다면 단검으로 전위의 등 뒤를 지키면서 동시에 스스로를 지키는 거지. 그런 식으로 전위가 전방에 있는 적과의 전투에 전력을 기울일 수 있도록 전력을 보충할 작정이었어!"

리프는 어떻게든 그럴 듯한 대답을 내놓았으나…….

"아쉽게도 난 전위 직종입니다~!"

""""""""에에에에에에엥!!""""""""

레이코의 대답을 듣고서 리프와 관중들이 놀랐다.

""""""""말도 안 돼!""""""""

"아니, 당신들은 아까 나의 『동화 베기』를 봤으면서……."

""""""""아…….""""""""

그래, 레이코의 체격과 팔의 두께, 손바닥, 그리고 몸놀림 등을 본다면 그렇게 생각할 만도 했다.

······그러나 관객인 다른 헌터나 길드 직원들은 아까 『동화 베기』를 봤으면서도 그 생각을 고치지 못했다. 헌터나 길드 직원으로서 자질이 있는지 의심할 만한 실책이었다.

그러나 리프와 그 파티 멤버들은 그 사실을 몰랐다······.

"거짓말, 말도 안 돼! 만약 그게 사실이라면 헌터가 되기 위해 아무런 훈련도 하지 않은, 완전한 생초보라는 뜻이야. 열 살 미만의 견습이라면 모를까, 정식 헌터로서 어떻게 그런 녀석이 혼자 활동하도록 내버려 둘 수 있겠냐!"

정론이었다. 인간의 목숨을 소중히 여기는 사람의 입장에서 그 말은 그야말로 정론이었다. 그 주장에 반대할 수 있는 사람이 있을 리가 없었다.

······그 대상이 레이코······『캔디다』만 아니었다면······.

"어쨌든 네가 혼자서 활동하는 걸 간과할 순 없어. 그랬다가는 금세 마물이나 도적, 사악한 헌터들의 먹잇감이 될 게 뻔해!"

"하아?"

리프가 주장하자 레이코가 기가 막힌다는 표정을 지었다.

"아니, 어째서 나랑 아무런 관계도 없는 당신한테 헌터로서 활동할지 말지 허가를 받거나, 지시를 따라야만 하는 거죠? 아무 관계도 없는데, 『젊은 여자를 억지로 파티에 끌어들여야지, 이히히······』하고 생각하는 남자한테······."

"뭐, 뭐라고……."

리프가 놀랐는지 말을 잇지 못했다. 그러나 현 상황을 보면 레이코의 말이 맞았다.

관중들도 모두 고개를 연신 끄덕였다.

"그, 그렇지 않아! 좋아, 네가 혼자서 활동할 수 없으며, 전위로서도 제 역할을 할 수 없다는 걸 증명해주지! 뒤뜰 훈련장으로 따라와!"

((((((아아아아아아아아아!!))))))

약속된 개그가 다시 반복됐다.

이른바 『덮밥 이론』이었다.

그 어떤 소재든 백 번을 반복하면 개그가 된다.

"당신한테 이기든 지든 내가 헌터로서 헤쳐나갈 수 있을 만한 자질을 갖췄는지 전혀 증명이 되지 않을 것 같은데……. 게다가 헌터가 된 지 몇 년이나 됐을 당신이 방금 헌터가 된 F랭크 신참한테 이겨본들 아무 증명도 안 되잖아? 그리고 만약에 내가 진다고 해도 당신의 말을 따르거나, 당신의 파티에 들어가야만 하는 이유도 없고……. 신참한테 느닷없이 승부를 건 뒤 흠씬 패주고서 시키는 대로 따르게 하는 건 범죄 행위 아닌가?"

레이코가 말하자 관중들이 고개를 연신 끄덕였다.

물론 그중에는 길드 직원과 동료인 파티 멤버도 포함되어 있었다.

그리고…….

"자, 훈련장으로 가볼까……."

""""""갈 생각이었냐아!!""""""

그 후에 바로 헌터들 사이에서 도박이 벌어졌다. 그러나 모두 한쪽에만 돈을 걸어서 도박이 성립되지 않은 듯했다.

그리고 레이코와 리프, 관중들은 뒤뜰 훈련장으로 갔다.

"무기는 거기 있는 연습용 무기 중 하나를 골라. 목제와 날을 세우지 않은 철제 무기가 있긴 한데, 다치게 하고 싶진 않으니 목제 무기를 쓸게."

리프가 그렇게 말했으나…….

"아니, 날을 세우지 않은 철제 무기로 싸우자. 그러지 않으면 나중에『목제 무기였기 때문』이라며 변명을 늘어놓을 것 같거든."

"뭐라고……. 조, 좋지. 내가 힘 조절만 잘하면 될 일이야."

역시나 소녀가 철제 무기를 희망했건만 목제 무기를 쓰자고 강하게 주장할 수는 없는 노릇이었다. 그러므로 리프는 날을 세우지 않은 연습용 무기를 사용하기로 동의했다.

"이걸로 할까……."

그리고 레이코는 적당한 단검……자신이 장비한 것과 길이가 비슷한 무기……를 들고서 자신의 단검은 풀어서 선반에 올려뒀다. 그러고는 연습용 단검을 허리에 찼다.

리프도 마찬가지로 자신의 무기와 비슷한 무기를 골라서 교체

했다.

보아하니 길이가 80센티미터쯤 되는 보병검(숏소드) 같은 무기를 사용할 작정인 듯했다.

그보다 더 긴 바스타드 소드나 클레이모어는 리치가 길고 위력도 더 강하지만, 인간이 자신의 손의 연장으로서 자유자재로 다룰 수 있는 검의 길이는 80센티미터까지였다. 두 손을 쓴다면 모를까, 한 손으로 무겁고 긴 검을 다루려면 뛰어난 기량이 필요했다.

도저히 베테랑이라 할 수 없는 젊은 헌터이므로 사람과 싸울 때든, 민첩해서 공격과 방어를 자주 전환해야 하는 마물과 싸울 때든, 자유자재로 빠르게 휘두를 수 있는 무기를 선택하는 게 당연하다.

양손검으로서 쓸 생각이라면 더 긴 무기를 택하더라도 상관없겠지만, 병사라면 모를까 헌터가 쓰기에는 한손검이 타당하겠지. 헌터가 주로 싸우는 곳, 싸우는 상대, 싸우는 상황을 고려하고, 죽고 싶지 않다면.

**

두 사람이 훈련장 중앙 부근에 마주 보고 섰다.

"어? 검을 안 들 거야?"

소녀가 허리에 찬, 날을 세우지 않은 단검에 손조차 대지 않자 리프가 그렇게 말했는데······.

"필요 없어요."

리프는 그 대답을 듣고서 역시나 조금 발끈했다.

"어찌 되든 난 모른다!"

그러나 말은 그렇게 했지만, 아무리 날이 서지 않았다고는 해도 철제 검으로 소녀의 얼굴이나 머리를 가격할 수는 없었다. 그랬다가는 상흔이 지워지지 않는 상처가 남거나, 큰 부상을 입을지도 모른다.

……아니, 부상은커녕 죽을지도…….

그러므로 가죽 방어구가 보호해주고 있는 몸통이나 어깨를 노리는 수밖에 없었다.

아무리 그래도『방어구에 맞았으니 무효』라고는 말하지 않겠지.

소녀는 생초보답게 두 팔을 앞으로 내밀고 있었다. 빈틈투성이였다.

그러므로 리프는 너무 심한 데미지를 주지 않도록 재빠르게 발을 내딛으며 최소한의 움직임으로 상대의 좌측 어깨를 향해서 날카로운 일격을 날렸다.

툭!

"……어?"

가죽 방어구를 가격했다고 하기에는 이상한 타이밍, 이상한 감촉 ……그리고 이상한 소리가 느껴졌다.

차압!

"어어어?"

리프가 검으로 가격하고서 한 템포 뒤에 소녀가 검의 도신을 양 손으로 끼우듯 잡았다. 검으로 얻어맞았는데도 전혀 아픔을 느끼지 못한 듯했다.

그리고…….

"비기, 진검 칼날잡기!!"

""""""……아니! 아니아니아니아니아니!!"""""""

관중들이 절규했다.

……그래, 『비기』라고 칭하기에는 타이밍이 너무나도 어긋나버 렸다…….

""""""…….""""""

정적이 퍼져나갔다.

그리고 몇 초 뒤 소녀는 조금 당혹해하는 표정을 지은 뒤 상대 의 검을 놓고서 몇 미터 뒤쪽으로 물러났다.

"자!"

아무래도 아까 그 상황을 『없었던 일』로 지워버리고 싶은 듯했다.

그리고 리프는 고개를 좌우로 흔든 뒤 검을 들고서 다시 태세 를 취했다.

그도 아까 그 상황을 『없었던 일』로 지워버리는 데 동의한 듯
했다.

……주로 자신의 정신 건강 때문에.

그리고 리프는 생각했다.

다시 같은 공격을 한다면 동일한 결과를 초래할 가능성이 있
다고.

그리고 그것을 피하고 싶었다.

……절대로 피하고 싶었다.

그러므로 공격 방법을 바꿨다.

"우오오오오오오~!"

찌르기.

리프는 상대보다 팔이 길고, 그의 무기 역시 단검보다 길었다.
더욱이 상대는 그 단검을 아직 뽑지도 않았다.

몸통 한가운데를 노린다면 초보자는 도저히 피하지 못할 것이
다. 또한 방어구가 확실히 보호해줄 테니 큰 부상을 입지도 않겠
지. 아무리 심해도 멍이 드는 수준에서 끝날 것이다.

설령 더 크게 다칠지라도 자업자득. 비난을 받지는 않으리라.

리프는 그렇게 생각하고서 힘을 약간 빼면서 찌르기를 날렸다.

쑤욱!

리프가 노렸던 대로 검이 소녀의 배에 꽂혔다.

물론 끝이 뾰족하지 않고 뭉툭하지만 한 점에 집중됐기에 그 충격은 상당할 것이다. 가냘픈 소녀는 도저히 버텨내지 못하겠지.

후방으로 크게 날아갈 것이다.

……보통은.

그러나 보통이 아닌 레이코는 그 극심한 충격에도 미동조차 하지 않고 평온하게 서 있었다.

그리고 자신의 배에 닿은 그 검 끝에 오른쪽 손가락을 대더니…….

"비기, 검끝 잡기!!"

오른쪽 엄지와 검지로 검 끝부분을 집었다.

완전히 한 템포 늦은, 아니, 두 템포, 세 템포나 늦은 타이밍에…….

그리고 관중들이 또다시 절규했다.

""""""뭐야 그게에에에에에에에~~에!!""""""

．

＊＊

두 사람은 다시 거리를 벌렸다.

리프의 얼굴은 굳어졌다.

그러나 마음은 아직 꺾이지는 않았다. 아직은…….

"후, 후후후, 생각보다 신체를 단련한 것 같네……. 그리고 가죽 방어구 안에 철판을 덧댔구나……. 확실히 넌 초보자다운 외모와 몸놀림을 갖고 있으니 대인전이 벌어지면 격이 높은 상대한테 속수무책으로 당할 수도 있겠지. 그걸 고려했군……."

아마도 그렇게 납득한 듯했다.

제아무리 철판을 안에 덧댔다고 해도 쇠막대기나 진배없는 날이 서지 않은 검의 참격과 찌르기에 미동조차 없었다는 사실은 전혀 고려하지 않고…….

"그렇다면 방어구가 없는 부분을 때리면 돼. 하지만 제아무리 날이 서지 않았다고는 해도 철검으로 여성의 무방비한 신체를 때리는 건 삼가고 싶어. 게다가 아까부터 넌 무기를 쓰려고 하질 않고 맨손으로만 대응하고 있어. 그럼 나도……."

리프가 그렇게 말하고는 검을 칼집에 넣고서 두 팔로 공격 태세를 취한 채 레이코에게 접근했다.

보아하니 맨손 전투, 도수 격투술도 익힌 듯했다.

……아니, 그런 게 아니라 그저 단순히 『초보자 소녀이니 체격과 스피드, 그리고 완력 차이로 간단히 이길 수 있다』고 생각했을 뿐인지도 모르겠지만…….

그 생각은 아마 맞았을 것이다.

……상대가 레이코만 아니었다면…….

퍼억!

"크흑!"
""""""""어?""""""""

리프가 맨손으로 다가오자 레이코가 단검으로 그의 옆구리를 후려쳤다.

그래, 레이코는『무기를 쓰지 않겠다』는 소리를 한 마디도 하지 않았다.

""""""""너무해애애애애애애애~!!""""""""

그리고 관중들의 외침이 훈련장에 들끓었다…….

"승부가 났다! 승자는 신참!!"

"캔디다입니다! 아, 통칭은『캔』으로 부탁해요."

관중 안에서 이상한 호칭으로 승리를 선언하는 사람이 나타나자 레이코는 다급히 이름을 알렸다.

이 대목에서 그 신참이라는 단어가 정착된다면 큰일이다.

……특히 신참 시절이 끝나고 제 몫을 다하게 된 뒤에…….

처음에 키우기 시작했을 때는 작았던「예삐」라는 이름의 개가 나이가 들면서 거대해지고 만다는, 그런 부조화가 먼 미래에 벌어질 위험을 회피해야만 했다. 반드시…….

"알겠다. 승자는 신인 헌터 캔!"

일개 헌터인지, 아니면 길드 직원인지는 모르겠지만, 멋대로 심판을 자청하며 나선 남성이 무사히 호칭을 정정해줬다. 레이코는 일단 안심했다.

레이코가 다른 곳에서 온 헌터가 아니라 신인임을 알고 있는 걸 보니 등록했을 때부터 쭉 지켜봐 왔나 보다.

"그럼 여러모로 물어보고 싶은 게 있으니 잠깐 와다오."

갑자기 다른 나이든 남성이 그렇게 지시하자 레이코는 조금 성이 났다.

"하아? 당신은 대체 누군데요?"

낯선 사람의 그런 독단적인 지시를 따를 이유가 없었다. 그것도 레이코의 의사는 확인하지도 않고 일방적으로 명령하는 사람은……

레이코는 보는 눈이 많아서 다짜고짜 험한 말을 내뱉지는 않았지만, 약간 거절하는 투로 그렇게 말했는데…….

"이 길드의 마스터다."

"아아……. 그럼 어쩔 수 없네요…….'"

레이코는 노골적으로 마뜩지 않다는 투로 떨떠름하게 승낙했다.

뭐, 상대가 길드 마스터라면 쓸데없이 싸움을 걸 필요는 없었다. 더욱이 앞으로 여러모로 이용해야 하는 상대이므로 정보를 조금 교환해두는 편도 나쁘지 않았다.

그러므로 레이코는 순순히 건물로 돌아가 2층에 위치한 길드 마스터의 집무실로 따라갔다.

**

"이 도시에 잘 와줬다. 근데 얼마나 머물 작정이지? 실력이 뛰어난 자가 오래 머물면서 고랭크 의뢰를 조금이라도 많이 처리해줬으면 좋겠다만……. 파티 멤버와는 따로 행동하나?"

"어…….."

아마도 길드 마스터는 처음부터 다 봤던 게 아닌 듯했다.

아마도 첫 분쟁 때 수많은 사람들이 훈련장으로 우르르 몰려간 것을 눈치채고서 따라가 동화 베기를 목격. 그 후에는 자신의 방에 돌아갔다가 여러 사람들이 또 훈련장으로 이동하자 다시 찾아왔겠지.

그래서 레이코가 신인으로서 등록하는 모습을 보지 못한 채 그녀가 다른 도시에서 찾아온 헌터라고 착각한 듯했다.

두 번째 전투에서 젊은이의 어깨 휘두르기와 배 찌르기를 허용했던 이유는 철판을 덧댄 방어구이니 확실히 받아낼 수 있겠다는 자신감의 표현, 그리고 공격이 통하지 않는다는 걸 보여주기 위해 일부러 피하지 않고 맞았기 때문이라고 생각했겠지.

제아무리 특별한 방어구일지라도, 그리고 상대가 날이 서지 않은 검으로 휘두르고 찔렀을지라도 그것은 쇠막대기나 마찬가지였다. 그러나 레이코는 미동조차 하지 않았다. 길드 마스터는 그녀가 철저히 단련된 육체와 정신의 소유자라고 오해했겠지.

그 광경을 보고도 레이코를 고랭크 헌터라고 생각하지 않을 사람은 바보이거나, 신인으로서 등록했던 장면을 봤던 사람들뿐이리라.

"아뇨, 전 방금 막 등록한 신참 F등급인지라 고랭크 의뢰는 수주하려야 할 수가 없을 텐데요……. 그리고 난 등록한 지 얼마 안 돼서 당연히 동료는 없고 솔로입니다. 기대에 부응하지 못해서 미안하게 됐네요. 그리고 한동안 이 부근을 거점으로 삼아 활동할 생각이니 다른 곳으로 떠나고 싶어질 때까지는 이 지부를 이용할 예정입니다."

"뭐라고……."

레이코를 고랭크, 적어도 C랭크 상위나 B랭크라고 여겼던 길드 마스터가 말문이 막히는 것은 당연하겠지.

"랭크가 낮은 헌터한테는 이제 볼일이 없는 것 같으니 이만 실례합니다."

레이코가 얼른 의자에서 일어나 방에서 나갔다. 그러나 길드 마스터는 뒤에서 아무 말도 하지 못했다.

(당장 승급 시험을 보라고 하기 전에 빨리 철수하길 잘했어……. 근데 내 겉모습을 보고서 도대체 왜 고랭크 헌터라고 착각했는지 모르겠네……. 뭐, 군인 집안에서 태어나 어렸을 적부터 혹독한 훈련을 받은 사람이나, 검술도장의 딸로 태어나 천재 소녀 검사라 일컬어지는 사람이 존재할 수도 있으려나? 이 세계에는 그러한 소녀가 나름 많을 테니까……. 근데 앞으로 천재 소녀 헌터로서 명성을 떨칠 예정인 내가 품을 만한 의문은 아닌가?)

레이코는 계단을 내려가면서 그렇게 생각했다.

보통은 출세하기 위해 랭크를 빨리 올려야 할 필요가 있다. 그러나 레이코가 승급 시험을 받고 싶지 않은 이유는 물론 있었다.

헌터의 기본도 모르는 F랭크일 뿐인데, 사람들이 느닷없이 제 몫을 다해내는 헌터로서 대우해주는 것은 곤란했다.

그리고 C랭크 상위나 B랭크 헌터가 조금 벅찬 마물을 쓰러뜨리는 것은 딱히 특이하지 않다.

그래서『신참 F랭크 헌터 아가씨가 고랭크 마물을 사냥했다』는 임팩트 있는 이벤트를 통해서 이름을 단숨에 알리기 위해서 굳이 등록할 때 랭크업 신청을 하지 않았다.

······이미 그런 짓을 벌이지 않더라도 이름이 단숨에 퍼져나갔다는 사실은 눈치채지 못했다.

레이코가 마음만 먹는다면 남에게 들키지 않고 몰래 사용했던 보조 마법과 특수 단검······고속 진동 기능으로 상대의 단검을 절단할 수 있다······에 힘입어 스킵 신청을 하여 C랭크, 아무리 못해도 D랭크는 될 수 있을 것이다.

실기 시험에서 그 무기를 쓸 수 있어야만 가능한 이야기이지만······.

뭐, 만약에 그 무기를 쓰지 못하더라도 신체 강화나 몸 겉면을 따라 펼쳐둔 방호 마법(배리어) 등의 보조 마법만으로도 충분할 테지만······.

**

레이코는 1층으로 돌아가 통상 의뢰 보드를 유심히 살펴본 뒤 이번에는 상시 의뢰 보드를 봤다.

상시 의뢰는 통상 의뢰와는 달리 사전에 수주 절차를 밟지 않더라도 사후 신고만 하면 되는 의뢰를 말한다. 대부분은 채집물을 납입하거나, 고블린이나 코볼트 등을 솎아내는 의뢰였다.

솎아내기 의뢰를 수행할 때 다른 곳에서 사냥한 마물을 제출해서는 안 된다. 그러나 멀리서 사냥한 마물은 증명 부위가 열화되는지라 간단히 판별할 수 있단다.

그러한 의뢰와 보수액이 붙어 있는 곳이 상시 의뢰 보드였다.

통상 의뢰는 수주할 수 있는 랭크가 제한되어 있지만,『의뢰 실패』라는 개념이 없는 상시 의뢰에는 그러한 제한이 없었다. 부상을 입거나 사망하는 것은 본인의 책임이었다.

그리고 채취 의뢰를 수행하면『리틀 실버』의 아이들이 먹을 식재료나 판매용 상품, 또한 상인으로서 활동하기 시작한 쿄코가 취급할 상품으로서도 전용할 수 있으므로 여러모로 유용하다.

더욱이 통상 임무에는『의뢰인』이 있기 때문에 이상한 의뢰인과 얽혀서 다툼이 벌어지는 것을 피하고 싶다는 이유 때문에라도 레이코는 상시 의뢰가 더 편했다.

이제는 역시나 보드를 바라보는 레이코에게 말을 걸거나, 시비를 걸려는 사람은 없었다.

(좋아, 이로써 일단 포지션을 획득했다고 봐야겠지. 이제는『우연히 맞닥뜨린 마물을 어떻게든 토벌』했다면서 거물을 사냥한 헌

터로서 명성을 올리면…….)

　지금까지는 거의 계획대로 잘 진행됐다. 레이코는 그렇게 생각
하고서 생긋 웃었다…….

＊＊

　계획 단계에서 배역을 정할 때『성녀는 쿄코, 상인은 카오루가
하는 편이 낫지 않을까』하는 주장이 없었던 것은 아니었다. ……
주로 쿄코가.

　확실히 정의감이 투철하고 평소에 성격이 온화해서 아이들에
게 사랑받는 쿄코가 성녀 역할을, 그리고 약속을 철두철미하게
따지는 카오루가 상인 역할을 맡는 게 적재적소인 것 같긴 했다.

　……그러나 다수결에 따라 그 안은 각하됐다.

　쿄코에게 성녀 역할을 맡길 수 없는 이유가 있었다.

　물론 카오루에게는 포션 제작 능력이 있긴 했다.

　그러나 그것은『사전에 각종 포션을 잔뜩 만들어서 쿄코의 아
이템 박스에 넣어둔다』는 방법으로 해결할 수 있다.

　그런데 어째서 쿄코에게 성녀 역할을 맡길 수 없느냐면…….

　그래, 쿄코는『정의감이 너무 투철』하기 때문이었다.

　얼핏 성녀로서 어울리는 자질처럼 보일지도 모르겠다.

　그러나 쿄코의 정의감(그것)은 악당이 어떻게 되든 신경 쓰지 않
는다. ……아니, 악당은 어떻게든 끝장을 내야 한다는 과소 과격

한 성격을 갖고 있었다.

확신범.

그래, 오용(誤用)된 의미로 말한 게 아니라 그녀는 진정한 의미에서 『확신범』이었다.

정의를 위해서라면, 악을 멸하기 위해서라면 뭘 하든 상관없다.

……아니, 반드시 해내야만 한다.

그러한 『성녀』는 너무 위험해서 세상에 도저히 풀어놓을 수가 없었다.

물론 헌터 역시 논외였다.

그리고 계약서의 내용을 어기는 사람이 적고, 만약에 어긴 자는 그에 상응하는 보복을 받는 게 규칙인 상인의 세계에서는 누군가가 쿄코의 폭주 트리거를 당길 가능성이 가장 낮으리라 판단했다.

……그저 그뿐이었다.

결코 낙관은 할 수 없지만, 헌터, 상인, 성녀 셋 중에서 쿄코가 할 수 있을 만하면서도 안전하고…… 그리고 만약의 사태가 터졌을 때 피해가 가장 적을 만한 업계가 상인이었다.

거의 소거법에 따라서.

카오루와 레이코는 쿄코의 진지하고 선량한 그 성격이 조금 걱정되긴 했지만, 어쩔 수 없었다.

……물론 두 사람이 걱정한 것은 쿄코를 속이려고 했던 그 사람의 운명이었다…….

제65장 신인 상인

딸랑딸랑.

귀에 익은 도어벨 소리가 들리자 상인과 상공 길드 직원들의 시선이 일제히 출입구 쪽에 쏠렸다.

늘 있는 일이었다.

봉이냐, 적이냐, 거래 상대냐…… 아니면 무관계한 자이냐.

순식간에 판단을 내리고서 최선의 행동을 취한다.

뭐, 대개는 돈벌이로는 이어지지 않는 무관계한 자들이기에 금세 시선을 원래대로 되돌리는데.

그러나 이번에는 모두의 시선이 방금 들어온 사람에게 고정됐다. 그리고 모두의 마음이 일치됐다.

((((((봉이다아아아아아~앗!!))))))

그러나 상공 길드에 들어온 소녀에게 느닷없이 돌격할 수는 없었다.

소녀가 뭘 원해서 이곳에 왔는지 알아낸다. 그것이 자신이 취급하는 상품일 경우에는 그것을 제공하기 위해 바로 접촉한다.

……그래, 열대여섯 살 정도로 보이는, 화려하진 않지만 센스 좋은 값비싼 옷을 차려입었고, 마찬가지로 값비싼 가방을 들었고, 고가의 액세서리를 착용한 호인으로 보이는 귀여운 밤색 머

리 소녀에게…….

그 소녀는 곧장 접수창구로 종종걸음으로 이동했다.

뭐, 보통은 그렇다. 이곳에 온 문외한은 일단 창구에 가서 용건을 밝힌 뒤 자신이 뭘 하면 되는지 묻는다.

그리고 그 이후에는 영업직이 나설 차례다.

상공 길드 직원도, 우연히 그곳에 있던 각 상점의 경영자나 종업원들도 소녀가 접수처 아가씨에게 무엇을 요구했는지 빠뜨리지 않도록 온 신경을 귀에 집중했다.

상공 길드 안이 고요해졌다.

그리고…….

"저기~ 장사를 시작하고 싶은데, 우선 뭘
하면 좋을까요……."

사라에트

크아~!!

모두가 떠들썩하게 웃어댔다.

아니, 물론 마음속으로 말이다. 다들 표면상으로는 필사적으로 평온한 척 참고 있었다.

손님이 아니라 설마 동업자가 되길 지망하는 소녀였다니.

아무리 봐도 저 아가씨는 사람이 좋게 생겼다.

장사를 잘 아는 것 같지도, 수완가 같지도 않았다.

어느 상인 집안의 아가씨였다면 지배인이나 책임사환이 호위를 겸하여 따라오는 게 상식이었다.

그런데 설마 혼자서 오다니.

……영문을 모르겠다.

"저기~ 장사를……."

"아, 예, 옙!"

굳어버렸던 접수처 아가씨가 황급히 대응하기 시작했다.

제아무리 예상치 못한 손님이 방문했더라도 웃음과 평정심을 잃는다는 것은 접수처 직원의 수치. 만약에 길드 마스터나 교육 담당, 대선배들이 봤다면 그냥 넘어가지 않았으리라.

그러므로 아까 굳어버렸던 몇 초를 없었던 것으로 덮기 위해서 접수처 아가씨는 필사적으로 손님을 정중히 접객했다.

"그래서 우선 가게가 필요한데……."

"예?"

"아뇨, 저기, 가게가……."

접수처 아가씨가 다시 굳어버렸으나 이번에는 금세 부활했다.

"가, 가게를 원하신다면 부동산 업자에게 가시는 편이……."

"예?"

소녀가 생각지도 못했던 단어를 들어서였는지 어리둥절해했다.

"아뇨, 그러니까 여긴 『상공 길드』인지라……. 부동산업도 상업에 속해서 상공 길드의 멤버가 맞긴 합니다만, 뭐라고 해야 할까요? 저기, 보통 야채를 살 땐 야채 가게에 가시잖아요, 상공 길드가 아니라……."

"아~."

아마도 그 비유를 듣고서 이해해준 듯했다.

"그럼 부동산 업자를 소개받고 싶은데……."

"그건 안 됩니다. 본 상공 길드가 손님한테 특정한 가게를 소개한다면 그 가게에 편의를 제공하고, 비호하게 되는 셈입니다. 본길드는 모든 가맹점에 공평하고 평등하게 대하는 것이 철칙이므로……."

"응, 이해하고 납득했어! 그럼 다시 올게요……."

역시나 길드 안에 있는 상인들 중에 부동산 업자는 없었다.

부동산업은 길드에 그렇게 빈번하게 얼굴을 비치거나, 필사적으로 정보를 수집할 필요가 없는 업종이니 당연했다.

상인들은 그 광경을 보고서 소녀가 장사를 시작하려면 한참 멀었다고 생각했다. 그때가 오면 돈을 어떻게 떼어먹을 수 있을지 궁리하긴 했지만, 일단 지금은 아직 접근할 필요는 없으리라 생각했다.

물론 저 소녀에 관한 정보에 관심을 둬야겠다고 생각하긴 했지만…….

"기다려주십시오!"

그러나 돌아가려는 소녀를 부르며 만류한 사람이 있었다.

그리고 소녀는 발걸음을 멈추고서 돌아봤다.

"무슨 일이죠?"

지금 다른 사람을 제쳐두고서 소녀에게 말을 걸 수 있는 사람은 그리 많지 않았다. 그리고 말을 건 사람은 물론 그중 하나였다.

"이곳 상공 길드의 부마스터인 아브랫트입니다. 하고 싶은 얘기가 좀 있습니다만, 길드 마스터실로 와주실 수 없겠습니까?"

역시 상공 길드. 헌터 길드와는 달리 신인에게도 공손한 말투를 사용했다.

"어? ……뭐, 딱히 상관없지만……."

딱히 문제가 될 만한 행동을 하진 않았다. 그리고 설마 이토록 목격자가 많건만, 방으로 데려가서 이상한 짓을 벌일 거라고 생각하기는 어려웠다. 더욱이 그가 가려는 곳은 자신의 방인 부길드 마스터실이 아니라 길드 마스터실이었다.

그렇다면 저 남자가 이상한 계획을 꾸미고 있을 확률은 대단히 낮았다. 아마도 어떤 이야기를 꺼내기 위한 목적이라고 판단하고서 소녀…… 쿄코는 순순히 권유에 응했다.

**

"접니다. 손님을 모셔왔습니다."

"……들어오게."

부길드 마스터가 2층의 어느 방 문을 두드리며 말하자 잠시 뒤 안에서 들어오라는 목소리가 들렸다. 당연하지만 이곳이 길드 마스터의 방이겠지.

사전에 아무 사정도 알려주지 않고, 용건도 모르는 손님을 갑자기 최상위자의 앞에 데려가는 것은 제대로 돌아가는 조직에서는 거의 있을 수 없는 일이다. 더욱이 신인이 멋도 모르고 들이닥쳤다면 모를까, 부길드 마스터나 되는 사람이 그런 실책을 범할 리가 없었다.

　길드 마스터가 조금 늦게 대답한 이유는 아마도 그 부분이 마음에 걸렸기 때문이겠지.

　그러나 부길드 마스터가 소녀를 데려왔다는 것은 『그럴 필요가 있다고 판단』했기 때문이다. 그래서 부하의 판단을 믿기로 했겠지.

　그리고 부길드 마스터는 쿄코를 실내에 들여보낸 뒤 본인도 안에 들어갔다. 그러고는 문을 닫고서 길드 마스터와 마주했다.

　"이분께서 이 도시에 가게를 갖기를 희망하십니다. ……아…….."

　이 대목에서 부길드 마스터는 소녀의 이름도 아직 듣지 못했음을 깨닫고서 당황했다.

　사람을 소개하려고 하는데 그 사람의 이름을 모르다니 상업관계자로서 있을 수 없는 추태였다.

　부길드 마스터가 얼굴을 붉히자 쿄코가 이내 첨언했다.

　"사라에트입니다. 소개해주신 대로 이 도시에 가게를 갖고 싶습니다만……."

　길드 마스터는 자기소개를 들으면서 쿄코의 행색을 쑥 쳐다보기만 하고는 대강 이해했다.

그리고 또한 부길드 마스터의 행동까지 보고서 거의 모든 것을 이해했다.

……아마도 그만한 통찰력이 없다면 상공 길드의 마스터를 맡을 수 없으리라.

그리고 물론 길드 마스터는 영주의 가족이나 인근 귀족의 자녀, 그 밖의 유력자나 거상의 자식들의 얼굴을 전부 알고 있다. 이 손님은 그들 중에 하나도 해당하지 않았다.

더욱이 자신이 아는 그 가문의 당주들은 막 성인이 된 딸에게 이런 짓을 시킬 만한 바보가 아니었다.

그러므로 아마도 다른 영지의 유력자의 혈족임이 틀림없었다.

본 영지에서는 얼굴이 너무 알려져서 굳이 다른 귀족령에서 활동을 시키는 게 좋겠다고 생각한 어느 귀족이나 거상 집안의 어리석은 당주의 혈족 말이다…….

어린 아가씨에게 사람도 붙여주지 않고 혼자서 밑바닥부터 장사를 시작하도록 시키다니. 실패하여 큰 손실을 보더라도 대수로운 문제는 아니다, 딸에게 좋은 경험이 되면 그것으로 족하다. 그렇게 받아들일 수 있을 만한 거부만이 가능한 폭거였다.

……그리고 정말로 딸을 혼자 보냈을 리가 없다.

본인은 모르겠지만, 뒤에서 은밀히 지켜보면서 당주에게 상황을 보고하는 사람이 있겠지.

소녀에게 위험이 닥쳤을 때 적의 머리를 남몰래 쳐낼 비밀 호위도.

이 도시의 상인 중에도 그 유력자의 입김이 닿은 내통자가 있을 가능성이 있었다.

그리고 아름다운 얼굴과 나긋나긋한 분위기, 가녀린 몸매, 값비싼 옷과 액세서리.

값비싸 보이는 물건이 아니라 값비싼 물건이 맞다. 그 정도도 모른다면 상공 길드의 마스터가 아니다.

"우리 도시에 잘 오셨습니다. 본 길드는 당신을 환영합니다!"

길드 마스터가 활짝 웃으며 자리에 앉으라고 권했다…….

그리고 길드 마스터가 직접 상대해주자 쿄코는 참으로 친절한 상공 길드라며 호감을 품었다.

길드 마스터는 상공 길드에 관하여 설명한 뒤 특별 서비스이니 절대로 남에게 발설하지 말라면서 추천하는 부동산 업자를 알려줬다. 그러고는 나머지 설명을 부길드 마스터에게 맡기고서 본인은 방에서 나왔다.

그리고 계단을 내려간 뒤 길드 직원과 안에 있는 상인들에게 선언했다.

"상공 길드의 특례 조치, 제2항 제3조 2를 적용한다!"

길드 마스터가 거창한 태도로 선언했음에도 그 말을 들은 사람들은 별로 놀라지 않은 듯했다. 저마다 『뭐, 그럴 줄 알았지~』하고 납득하는 표정이 번져 있었다.

쿄코가 왔을 때 있었던 상인들은 물론 아무도 돌아가지 않고 남았다. 그러므로 지금 이곳에는 사정을 아는 사람들만 있었다.

이 이야기의 결말을 끝까지 지켜보지 않고 돌아가는 상인이 있을 리가 없었다.

상공 길드의 특례 조치란 『상공 길드 및 그 가맹자에게 막대한 피해를 입힐 가능성이 있는 상황에서 다른 규칙보다 우선하여 적용하는 사항』을 말한다. 그중에서 『제2항 제3조 2』란 바로 이것이었다.

고귀한 신분이나 유력자의 자녀가 정체를 숨기고서 찾아왔을 경우에 특별대우를 할 테니 너희들을 불평하지 마라. 그리고 쓸데없이 건드리지 말라는 뜻…….

이 선언이 적용된 상대에게 해코지를 했을 경우에 무슨 일이 벌어지든 길드는 일절 지원하지 않겠다.

……지원은커녕 적으로 삼겠다.

그것은 장사꾼에게는 치명상이었다.

물론 이 정보는 길드 안에 없는 가맹자들에게도 사람을 보내서 직접 알리도록 되어 있다.

그러므로 이튿날이 됐는데도 이 사실을 모르는 상공 길드 관계자는 업무차 멀리 나가 있던 심부름꾼이나 허드렛일이나 하는 고아들밖에 없을 것이다.

"본인한테 일절 내색하지 마라!"

본인이 특례 조치의 대상이 됐다는 사실, 다시 말해 유력자의 딸임이 알려졌다는 사실을 내색하지 말고 착한 상인들에게 둘러싸여 가게 놀이를 신나게 즐길 수 있도록 조치하라는 지시를 내리고서 길드 마스터는 급히 뛰어갔다.

……물론 부길드 마스터가 발을 붙들어두는 동안에 소녀에게 권했던 부동산 업자에게 먼저 가서 설명과 당부를 하기 위해서였다. 그래서 규칙을 어기면서까지 특정한 부동산 업자를 권했던 것이다.

부동산 업자가 소녀를 소홀히 대하거나, 봉이라고 판단하고서 불량 건물을 팔아넘긴다면 큰일이 벌어질지도 모른다. 그 확률이 별로 높지는 않더라도 위험의 싹은 미리 뽑아둬야만 한다.

그것이 일류 상인이자 상인 길드 책임자의 책무이기도 했다.

그리고 길드 마스터와 부길드 마스터가 건투한 덕분에 이 도시의 상업계는 미증유의 위기를 가까스로 헤쳐 나올 수 있었다. 그 대상자가 본인들이 예상한 것보다 훨씬 더 위험한 폭탄임을 눈치채지 못한 채.

……일단 현재는…….

※※

"여러모로 감사했습니다!"

쿄코가 싱글벙글 웃으며 부길드 마스터에게 감사를 표한 뒤 상공 길드를 나왔다.

물론 그녀가 다음으로 향한 곳은 소개받은 부동산 사무소였다.

건물을 확보하고 개점일을 계산한 뒤 다시 상공 길드에 신고한다.

영업 허가를 문제없이 받을 수 있다는 사실은 아까 설명을 들었을 때 확인했다. 아무 걱정 없이 준비를 진행할 수 있었다.

개점하기 전에 사람을 고용해야 할 테지만, 그것은 가게를 정한 뒤 고려할 예정이었다.

(길드 마스터랑 부길드 마스터도 좋은 사람이네. 한 조직의 수장이 이런 생초보 아가씨한테 시간을 할애하며 직접 상대해주다니⋯⋯. 응, 좋은 도시, 좋은 길드야. 열심히 하자~!)

소개장을 써주긴 했지만, 길드 마스터와 부길드 마스터가 소개했다고 한마디만 하면 괜찮다고 했기에 아무 걱정도 할 필요가 없었다.

쿄코(겉모습 위장 완료)가 웃으면서 힘차게 팔을 앞뒤로 흔들며 걸어 나가자 도시 사람들이 무심코 미소를 지었다⋯⋯.

＊＊

"여긴가⋯⋯?"

그리고 소개받았던 부동산 사무소에 도착한 쿄코는 그대로 망설이지 않고 안에 들어갔다.

일본에서 사회인으로서 세월을 보냈던 쿄코는『타인을 위한 배려』라든가,『분위기를 읽는 능력』이 몸에 조금은 배어 있었다. 그러나 현재 막 열다섯 살로 되돌아간 중학교 3학년 수준의 육체가 정신을 잡아당기고 있었다. 또한 이제는 가물가물해진 사회인 시절의 기억과 달리 다시금 또렷하고 확실하고 선명해진 『카오루와 함께 보냈던 학생 시절의 기억』에 이끌리고 말았다. 그래서 배려가 조금 결여됐던……젊은 날의 실수라고 해야 할까, 흑역사라고 해야 할까……그 시절의 행동이 무심코 튀어나오는 경향이 있는데, 과연 본인이 자각했을는지…….

"저기, 가게가 필요한데……."

"예, 바로 소개해드릴 테니 어서 이쪽으로!"

얼핏 보고서 성인인지 아닌지 구분하기 어려운 어린 아가씨가 그런 모호하고도 큰돈이 소요되는 요구를 한다면 건성으로 대꾸하거나, 세상의 엄혹함을 똑똑히 일깨워주는 게 보통이다.

그러나 어째선지 말단 점원이 아닌 상급자로 보이는 나이든 남성이 입구 바로 안에서 기다렸던 것처럼 대기하고 있었다. 쿄코는 그 남성의 안내를 받아 사무소에 들어갔다.

(오오, 역시 길드가 자신 있게 소개해준 가게다워! 상대가 젊은 여성인데도 얕잡아보지 않고 성실히 응대해줬어…….)

……물론 그곳은 일류 사무소이므로 그 어떤 손님이 오든 깍듯하게 대응하긴 한다. 그러나 용건도 제대로 확인하지 않고 안으로 들이는 손님은 큰손뿐이었다.

"어서 앉으십시오. 담당자를 바로 데려오겠습니다. 이봐, 다과를 얼른 내와! 저번에 받았던 과자 있지? 그걸 대접해드려!"

남자가 지시하자 여성 종업원이 황급히 떠났다.

보통 손님 앞에서 어떤 과자를 내오라고 특정하지는 않는다. 대체로 손님의 등급에 맞춰서 종업원이 스스로 판단하여 무엇을 내갈지 결정한다. 찻잎도 과자의 등급에 맞춰서 여러 가격대의 상품들 중 하나를 선별한다.

그런데 현재 저장실(스틸룸)에 있는 것들 중에서 가장 비싼 차와 과자를 대령하라고 굳이 지시했다.

담당 종업원이 판단하지 말고 반드시 최고급품을 내놓아야 한다는 뜻이었다. 그것이 뜻하는 바는…….

어쨌든 최고급 찻잎을 조그마한 실수 없이 완벽하게 끓여서 최고급 과자와 함께 가져오라는 사실만은 한 점의 오해도 없이 여성 종업원에게 전해졌다.

**

담당자가 금세 찾아왔다.

실은 마치 미리 대기하고 있었던 것처럼 곧바로…….

그리고 아까 안내해줬던 남자와 관록이 느껴지는 초로의 남성도 함께 있었다. 그 뒤에는 네 사람이 먹을 차와 다과가 담겨 있는 쟁반을 들고 있는 여성 종업원도 있었다.

(어어어, 날 위해서 직원이 셋이나 나와서 설명해주는 거야?)

쿄코도 역시나 조금 꺼려졌다.

(한번 온 손님은 절대로 놓치지 않겠다 이 말?)

쿄코는 왠지 조금 무서워서 견제를 위해 주문을 영창하기로 했다.

"저기, 상공 길드의 마스터랑 부길드 마스터의 소개로 왔는데……."

이렇게 말해두면 이상한 건물을 강요하거나,『그리고 그 가게에 들어간 것을 마지막으로 그 소녀의 모습을 본 사람은 아무도 없었다…….』같은 상황은 벌어지지 않으리라 생각했다.

쿄코가 이 가게에 왔다는 것을 그 두 사람이 알고 있고, 만약에 무슨 일이 벌어진다면 이곳이 가장 먼저 조사를 받으리라 견제한 것이었다. 그러나 사무소 직원들은 전혀 동요하지 않았다.

"예예, 물론 알고 있습니다. 소개가 늦었습니다만, 전 이곳의 점주인 바레이데스입니다. 이쪽은 지배인인 토바트, 그리고 영업 주임인 벤스입니다. 얼굴을 기억해주시길……. 그럼 곧바로 원하는 건물의 조건을……."

(어?)

이 가게의 규모를 봤을 때, 지배인이 여럿 있거나, 그들을 관리하는 총지배인이 있을 것 같진 않았다.

다시 말해서 사무소의 주인과 2인자, 그리고 실무 에이스가 한 자리에 모였다는 뜻이었다. 어린 아가씨를 상대로 멤버가 조금 지나치게 호화로웠다.

그러나 쿄코가 가장 의문을 품었던 것은 그것이 아니었다.

(상공 길드에서 곧장 왔는데 어떻게 『물론 알고 있습니다』하고 말한 거지?)

그러나 쿄코는 아무래도 상관없는 사소한 일에는 신경 쓰지 않았다.

사소한 일이지만 꼭 짚고 넘어가야만 하는 부분은 굉장히 마음에 담아두는 성격이긴 하지만······.

그러므로 단순히 정형화된 인사말이거나, 자신의 말에 맞춰줬을 뿐이라고 생각하고서 그대로 흘려버렸다.

뜨내기손님에게도 마음을 써주는 좋은 가게구나. 역시 길드 마스터가 소개해준 가게답네, 하고 감탄하면서······.

그리고 쿄코는 흥정을 벌이기 시작했다······.

**

"그럼 2층 건물로 1층은 점포와 자그마한 창고, 2층은 거주구역으로 사용하고 싶으시다는 말씀?"

"예. 대량의 상품을 취급할 생각은 없거든요. 밀을 몇백 가마니나 보관할 일이 없으니 창고가 클 필요는 없습니다. 재고는 가게 일부나 2층 일부에 놔둘 작정이거든요. 그러니 2층에는 작은 방이 세 개만 있으면 충분해요."

자신이 쓸 방과, 카오루와 레이코가 왔을 때 둘이서 쓸 방 하나, 나머지 방 하나는 창고 대용.

카오루와 레이코는 자주 오지 않을 테고, 만약에 오더라도 잠을 잘 때는 빼고서 늘 셋이 함께 있을 테니 한 사람당 방을 하나씩 줄 필요는 없겠지.

그리고 외부인을 2층에 들일 생각은 없었다.

그러므로 2층에는 방이 세 개만 있으면 충분하지만, 1층에 매장과 작은 창고, 화장실과 조리장, 그리고 욕실 등을 설치하려면 면적이 나름 넓어야만 한다. 그렇다면 당연히 2층도 자연스레 넓어지기에 실제로는 방이 네 개 이상은 있을 것 같았다.

역시나 이 세계의 문명 수준에서는 욕실이나 화장실을 1층에 설치할 수밖에 없겠지.

일단은 상점이므로 손님이 쓰게 해달라고 요청하는 경우도 있을 테니까.

더욱이 레이코라면 마법으로, 카오루라면 포션 제작 능력으로 어떻게든 할지도 모르겠지만, 쿄코는 그토록 편리한 능력을 갖고 있지 않았다.

또한 만약에 물의 온도를 조절하는 건 어떻게든 하더라도 배수나 바닥의 강도, 습기, 타인의 눈 때문에 여러모로 문제가 많았다.

어쨌든 평범한 게 최고였다.

(……아. 화장실이나 욕실은 모함의 공장에서 제작하게 하거나, 함내에 있는 걸 하나 뜯어오는 방법이 있겠구나! 함내에 있는 시설은 원자 분해 기술이 탑재되어 있어서 배수관 같은 게 필요

133

없을 거야…….)

쿄코는 자신이 생성한 함선의 사용법을 알고 있기에 물론 함내 시설에 관한 지식도 갖고 있었다.

그리고 쿄코의 희망 조건을 듣고서 영업주임 벤스가 으으음, 하고 신음했다.

아마도 창고가 딸려 있는 더 커다란 건물을 요구하리라 예상했겠지. 그래서 당초에 생각했던 건물을 후보군에서 빼고서 머릿속으로 다른 건물을 고속으로 찾고 있는 듯했다.

"아, 그리고 대로에 면해 있거나, 왕래하는 사람이 많거나, 도시 중심부에 있는 건물은 패스해주세요. 저, 시끄러운 건 딱 질색이에요. 신전 쪽은 세 시간마다 시간을 알리는 종을 쳐서 고문이에요! 신관들은 모든 사람들이 아침 첫 번째 종에 일어나서 밤 두 번째 종에 잔다고 생각하고 있나요? 이 세상에는 밤에 일하는 사람이나, 일찍 자고서 해가 뜨기 전에 일어나는 사람, 늦게 자고서 점심 즈음에 일어나는 사람 등 생활양식이 얼마나 다양한데……."

"아, 예에……."

벤스는 그저 그런 조건이 있었다면 처음에 한꺼번에 말해달라고 생각했을 뿐이었다.

그리고…….

"조건에 해당하는 건물이 다섯 채 있습니다만, 그중 두 채는 나중에 말씀해주신 입지 조건이나 다른 이유 때문에 대상에서 제외했습니다. 남은 세 채 중에서 가장 적합한 건물을 소개해드리겠습니다. ……이겁니다."

벤스는 서적이나 어떤 자료도 보지 않고 잠시 생각만 하고서 그렇게 제안했다.

아마도 이 가게가 취급하는 모든 건물의 조건을 외우고 있는 듯했다. 역시 영업주임을 맡을 만했다.

그리고 그녀는 한 건물에 관한 서류를 쿄코에게 내밀었는데…….

"아뇨, 어떤 건물이 제 희망에 가장 잘 맞는지는 스스로 판단합니다. 일단 이 도시 지도랑 그 다섯 건물의 설명문을 보여주세요."

그래, 쿄코는 자신의 성으로 삼을 만한 곳을 초면인 업자에게 죄다 떠넘길 만큼 바보도, 용감한 인물도 아니었다.

"으~음……."

도시 지도와 건물의 설명문을 번갈아 보면서 쿄코는 생각에 잠겼다.

일단 모든 건물의 구조가 처음에 희망했던 조건을 만족하긴 하는데…….

"이건 도시 중심부에서 너무 멀고 슬럼가랑 가까워. 허름해! 이건 신전에서 너무 가까워. 시간을 알리는 종이 시끄러울 것 같으니 패스. 이건 너무 커. 이쪽은 매장이 조금 비좁네요. ……그럼 남은 건물을 보여주겠어요?"

"……남은 건 아까 제가 권했던 건물이군요."

"……."

"""…………."""""

""""""……………….""""""""

**

"이쪽이 추천했던 건물입니다."

영업주임 벤스가 출입문을 열쇠로 열고서 쿄코를 안으로 안내해줬다.

……그리고 어째선지 점주와 지배인도 따라왔다. 고작 평범한 부동산 계약 한 건 때문에…….

(가게에, 손님이 없나…….)

"흐으음, 느낌은 꽤 좋네요……."

건물은 벽돌조 2층 구조였다. 예전에도 상점으로 썼는지 일반적인 가구나 식기 등은 없었다. 그러나 벽면에 달린 선반이나 상품 진열대는 그대로 남아 있었다.

정기적으로 청소를 했는지 꾀죄죄한 느낌은 없었다.

"물은……."

"우물이 따로 없어서 심부름꾼을 시켜 근처 공동 우물에서 물을 길어 올 필요가 있습니다. 물을 대량으로 쓰는 업종이라면 뒤뜰에 우물이 있는 건물이 바람직하겠지만, 사라에트 님께서는 상

품 판매만 하시고, 제조업은 하시지 않을 것 같으니 우물이 없는 건물도 문제없지 않을까 싶습니다만……."

"아, 예. 물은 식용수나 일반적으로 생활하는 데 필요한 양만 있으면 되는데……."

쿄코는 물을 일일이 밖에서 길어 온다는 것이 익숙하지 않아서 조금 당혹스러웠다.

대량의 물을 아이템 박스에 넣어뒀기에 실제로는 물을 사용하는 데 불편하지 않았다. 우물물보다 훨씬 안전하고 맛있는 물을 언제든지 자유롭게 꺼낼 수 있었다.

만약에 재고가 줄어든다면 다시 산속의 청정수를 대량으로 떠서 살균 여과하여 보충하기만 하면 된다. 모함에서 합성한 물로 보충해도 되고…….

뭐, 만약에 물 때문에 배앓이를 하더라도 카오루가 준 포션을 마시면 문제가 없겠지만, 역시나 정신적으로는 깨끗하고 안전한 물이 더 바람직한지라.

(하지만 대외적인 시선이 있으니 사람을 고용하여 물을 길어 오도록 시킬까……. 신원이 확실하고 신용할 만한 사용인을 최소한으로 고용할 생각이니 고아한테 날품팔이로서 일자리를 제공할까?)

물을 길어 오는 일은 안전하게 신체를 단련할 수 있는 일이다. 고아에게는 대단히 고마운 돈벌이가 되겠지. 참고로 상점과 연줄이나 관계를 맺어둔다면 고아들에게는 미래를 위한 커다란 재산이 된다.

(……고아는 성인보다 훨씬 싸게 고용할 수 있을 것 같으니…….)

쿄코는 기본적으로 착한 사람이지만, 그렇게까지 어수룩하거
나 응석받이는 아니었다.

그리고 그녀는 건물을 구석구석 확인하고서…….

"산다!!"

비싼 건물을 마치 슈퍼의 떨이 상품을 사는 느낌으로 즉석에서
결정했다…….

건물을 임대하지 않고 사들인 이유는 물론 가게의 신용도를 올
리기 위해서였다.

당연하지만, 가게 건물을 소유한 상인과 그렇지 못한 상인은
신용도가 크게 다르다.

그리고 쿄코는 자금이 궁하지 않았다. 카오루가 이 세계의『제
1시즌』때 모았던 금화가 잔뜩 있으니…….

아직 그 금화의 대부분을 이 나라의 화폐로 환금하지 않았기에
『타국의 옛 주화』이긴 하지만, 지금 쿄코의 신분……타국에서 온
유력자의 딸……이라면 먼 나라의 금화나 조금 오래된 금화를 사
용하는 것은 큰 문제가 아니었다.

이 세계에는 은행 같은 게 없으므로 선조 때부터 창고에 축적
해온 금화일지도 모른다며 알아서들 해석해주겠지. 그리고 내친
김에 여유 자금을 다소 환금해두는 편이 좋을지도 모르겠다.

또한 만약에 옛날 금화를 바꿔줄 수 없다고 난색을 표할 경우

에는 보석을 환금하거나, 그대로 보석으로 지불하는 방법도 있다. 여러 비용을 감안하여 가격을 다소 낮게 쳐주겠지만, 상공 길드의 마스터와 부마스터가 소개하여 온 손님이다. 등쳐먹지는 않겠지.

가게 건물의 가격도 잘 알아보지 않고 부르는 값에 산 이유도 그 부분을 믿었기 때문이었다.

더욱이 돈에 쪼들리지 않으므로 그들이 자신을 속였다면 그것도 그것대로 상관없었다.

……세상을 공부한 비용.

쿄코는 그렇게 생각했다.

그리고 자신을 속였던 사람들에게 추후 충분히 보복하여 듬뿍 후회하게 만들어주면 된다.

그것이 기본방침이므로 초기 단계에 다소 부아가 치미는 일을 당하더라도 상관없었다.

쿄코를 속이거나 우습게 본 사람은 어떻게 될까…….

견본이 되어줄 만한 사람이 나타난다면 다른 사람들을 일깨우는 효과가 상승할 것이다.

(상품은 아이템 박스에 잔뜩 넣어뒀으니 영업을 바로 시작할 수 있을 것 같네.)

『리틀 실버』에서 제작한 상품뿐만 아니라 먼 나라에서 사들인 상품, 카오루가 제작한 약품과 향수, 향신료, 포션 용기 시리즈(항아리, 꽃병, 유리병, 플라스크 등등), 그리고 모함의 내부 공장에서 제작한 간단한 공업제품까지.

그것들이 진열대에 올라갈 때를 기다리고 있었다.

또한 신인 헌터인 캔이 마물 소재를 입수하여 언젠가 납품할 예정이다.

헌터 길드에 매각하지 않고 남긴 물량 중 일부는 카오루의 자선활동용으로, 그리고 나머지는 쿄코의 판매용으로…….

물론 『리틀 실버』에서 소비할 물량은 따로 빼뒀다.

(아, 우선 욕조를 설치할 곳을 정해야지…….)

쿄코 삼인방은 욕조가 없더라도 레이코가 고안한 『땀이나 노폐물을 아이템 박스에 수납』하는 방법으로 청결을 유지할 수 있었다.

……그러나 이것과 그것은 별개의 문제.

역시 여성에게 욕조는 필수품이었다…….

제66장 신인 성녀

성녀는 헌터나 상인과는 커다란 차이점이 있다.

그것은 헌터는 헌터 길드에 등록했을 때부터, 그리고 상인은 상공 길드에 등록했을 때부터 각자 헌터나 상인이라고 행세할 수 있게 된다. 그러나 성녀는 그럴 수가 없었다.

신관이나 무녀는 신관에 소속되면 스스로를 그렇게 소개할 수 있고, 사람들도 그렇게 불러준다.

그런데 『성녀』는…….

사람들이 자연스레 그렇게 불러주든가, 신전이 그 업적을 인정하여 정식으로 명칭을 내려주지 않는 한 스스로를 성녀라고 부를 수는 없었다.

아니, 설령 인정받는다고 해도 스스로를 성녀라고 칭하는 사람은 거의 없겠지.

어디까지나 『성녀』는 타인이 그렇게 부르는 호칭이지 스스로 부르는 호칭은 아니었다.

그러므로…….

"나만 허들이 높잖아!"

카오루가 그렇게 푸념할 만도 했다.

**

"왜 그러시나요?"

"아, 아니, 삼림 늑대(포레스트 울프)랑 싸우다가 좀 당했거든……."

도시를 향해 가도를 걷고 있던 5인조 남자들이 뒤에서 다가온 소녀가 묻자 머리를 긁적이며 그렇게 대답했다.

다섯 사람이 한 마리를 사냥했다면 그리 칭찬받을 행동은 아니겠지만, 상대는 무리를 이루는 늑대였다. 경상자가 두어 명밖에 나오지 않았으니 자랑해도 될 만한 전과였다. 그러므로 아마도 겸손이거나, 원래는 멀쩡하게 쓰러뜨릴 수 있다는 자기 자랑이겠지. 남자란 생물은 제아무리 잠시 스쳐 가는 무관계한 사람일지라도 귀여운 소녀 앞에서는 멋을 부리고 싶어 하는 법이다.

얼핏 보니 정말로 큰 부상은 아닌 듯했다. 두 사람은 팔이 얕게 찢어졌고, 한 사람은 다리를 조금 당했는지 걷는 모습이 불편해 보이는 정도였다.

"……다리를 잠깐 보여주겠어요?"

"어? 어어, 그야 딱히 상관없다만……. 그리 깊진 않지만, 발톱에 베어서 상처가 쩍 벌어졌거든. 화농약을 갖고 있다면 좀 빌려줄 수 있나? 돈은 지불할 테니."

도시까지 아직 거리가 있어서 내일쯤에야 도착한다. 그러므로 밤중에 부상이 악화될까봐 걱정하는 거겠지. 당연한 생각이다.

다리를 다친 남자가 가도 옆에 있는 커다란 돌 위에 앉아 다친 왼쪽 다리를 내밀었다.

상처는 허벅지 바깥쪽에 있었다. 천으로 동여매긴 했다. 상처

가 그리 깊지 않다고 했지만, 출혈이 상당했는지 피가 끈적끈적
하게 천을 적셨다. 피가 완전히 멎었는지조차 의심스러웠다.

"흠……."

소녀는 묶여 있는 상처 부위를 확인한 뒤…….

"동료 여러분, 이 사람을 잠시 붙들어주겠어요?"

"어?"

소녀의 말뜻을 이해하지 못하고 부상자가 어리둥절해했다.

그리고 다른 네 사람은…….

"왠지, 재밌을 것 같군……."

"알겠어, 맡겨둬!"

어째선지 소녀가 시키는 대로 순순히 다리가 다친 남자의 팔다
리를 꽉 붙잡아 고정했다.

"아니, 너희들, 대체 뭘……."

남자들……다리가 다친 사람을 빼고……은 소녀의 말을 전혀
의심하지 않았다.

열두어 살쯤으로 보이는 은발 소녀.

미성년자에다가 깨끗하고 값비싸 보이는 옷을 입고 있었다. 그
리고 가난한 헌터를 상대로 사기를 칠 만한 바보로는 보이지 않
았다.

헌터에게 그런 짓을 했다가는 이내 헌터 길드를 통해 모든 헌
터에게 정보가 확산된다. 고작 푼돈이나 벌려고 사기를 치기에는
리스크가 너무나도 크다.

그러므로 소녀가 대단히 따가운 ……몸집이 큰 성인이 몸부림을 칠 정도로…… 강렬한 약을 끼얹었으리라 예상하고서 히죽거린 것이었다. 그 약 때문에 고통에 겨워할 본인은 제외하고.

그리고 그 효과가 별거 아닐지라도 밤중에 발열이 일어나지 않도록 억누를 수 있다면 은화 몇 닢 정도는 청구해도 아깝지 않았다. 역시나 소금화를 요구할 리는 없겠지.

소녀는 상처를 동여맸던 천을 풀고서 마물의 발톱에 할퀴어 찢어진 바지를 쫙 뜯었다. 그러고는 허리에 찬 물통으로 상처를 씻어낸 뒤 오른손을 상처에 살며시 대고서…….

"소독!"

"끄아아아~!"

남자가 몸을 흠칫 튕기자 다른 네 사람이 단단히 붙들었다.

"지혈, 마비, 치유!"

"히이이이…… 이?"

갑자기 통증이 멎자 부상자가 어리둥절해했다.

"……다 끝났습니다. 우선 상처 부위에 묻은 오염물과 피를 씻어낸 뒤 화농의 원인을 제거하고 피를 완전히 멎게 했습니다. 통증도 없앴고 상처 부위도 봉합했습니다."

소독할 때 고통을 줬던 이유는 신기한 힘의 존재를 어필하기 위해서였다. 물론 아프지 않게 치료할 수도 있었지만, 그래서는 설득력이 약하리라 판단했다.

"""""""…….""""""""

물끄러미 상처……였던 부분을 들여다보는 다섯 남자. 그리고…….

"없어. 상처가 없어…….."

"아, 그거 겉만 그런 것뿐이에요! 피를 멎게 하고, 나쁜 게 상처를 통해 안에 들어가지 못하도록 막아뒀어요. 내부까지 완전히 치유된 것은 아니니 며칠 동안은 무리하게 힘을 주지 않도록 주의하세요. 통증을 거의 느끼지 못하게 해뒀을 뿐이니 다 나았다고 착각하여 완치되기 전에 무리한다면 상처가 또 쫙 찢어질 거예요. 사흘쯤은 일을 쉬세요. 나흘째부터는 전력으로 움직여도 문제는 없으니…….."

실제로는 손바닥에 둘러뒀던 포션으로 완전히 치유하긴 했지만, 즉효성이 있음을 알지 못하도록 그렇게 속였다.

"""""""…….""""""""

**

"어? 공짜라고?"

"예. 여신님의 가호를 사람들한테 전하는 데 돈을 받을 수 있을 리가 없잖아요?"

"""""""…….""""""""

여러모로 하고 싶은 말이 많겠지. 신전에서는 기부를 요구한다든지, 병자를 위해 기도를 청하려면 거액의 의례비가 필요하다든지…….

그러나 듣고 보니 소녀의 말이 확실히 맞는지라 반론할 수가 없었다.

무엇보다 이렇게까지 말하는 소녀에게 돈을 들이민다면 그것은 모욕일 것이다.

그러므로 모두들 묵묵히 고개만 숙였다.

그리고 이튿날 저녁에 도시의 헌터 길드 지부에 소문이 퍼졌다. 『성녀가 도시를 찾아왔다』라는…….

초장부터 어려운 허들을 클리어했지만, 카오루는 물론 그 사실을 알지 못했다.

**

"죄송합니다. 음식을 기부하고 싶은데…….'

수레를 끌고서 은발 소녀가 고아원을 찾아왔다.

그리고 뜰에서 놀고 있던 아이들에게 그렇게 말했더니…….

"에에에에엥! 잠깐만, 원장 선생님을 불러올게! 도망치면 안 돼! 얘들아, 절대로 도망치지 못하도록 단단히 감시해!!"

""""""""알겠어!""""""""

그리고 아이들이 순식간에 소녀를 포위했다.

"내가 무슨 범죄자니!"

명성을 빠르게 얻기 위해 고아원에 기부를 하려고 왔더니 이런 취급을 받았다.

혹독한 대우였지만, 아이들은 결코 이 음식을 놓치지 않겠다며 필사적이었다.

"얼마나 배를 곯았던 거니……."

"……그런 이유로 음식을 기부할까 생각해서……."

아이에게서 이야기를 듣고서 부리나케 달려온 원장 선생님에게 그렇게 전했더니…….

"성녀니이임!!"

"허들이 너무 낮잖아, 이게 뭐야……."

카오루는 실망하여 어깨를 축 늘어뜨렸다…….

**

"……그럼 에디스 님은 신전에 소속되지 않으셨다는 말씀?"

"예. 가난한 사람들한테서 모금을 받는 신관들이 값비싼 옷을 입고서 뒤룩뒤룩 살찐 모습을 보고서『저건 아니지……』하고 생각해서……."

에디스(카오루)가 대답하자 원장 선생님이 쓴웃음을 지었다.

이곳은 신전이 경영하는 곳이 아니라서 딱히 기분이 언짢지는 않은 듯했다.

더욱이 원장 선생님만 한 나이가 되면 부패한 신관이 있다는 것쯤은 당연히 알겠지. 물론 신전 관계자가 모두 부패한 건 아니고, 상층부는 상당히 반듯하게 처신해서 오히려 놀랐다.

보통은 아래쪽이 진지하고 위쪽이 부패하기 마련인데 그 반대. 상층부를 보면서 감탄해야 좋을지, 아니면 아랫사람들을 제대로 지도하지 못했다며 비난해야 좋을지…….

그러나 일반 민중과 얼굴을 직접 맞대는 사람은 『아래쪽』이었다. 서민이 위에 있는 높은 사람들과 만날 수 있는 기회는 거의 없었다. 그러므로 신전의 평판은 그리 좋지 않은 듯했다.

다만 『신전 신관들의 평판』과 『여신 세레스티느의 평판』은 전혀 별개였다. 여신을 향한 신앙심은 흔들림이 없다고 했다.

"그래서 전 여신님의 신도입니다만, 신관의 말을 따라야만 하는 의무는 없는지라…….”

신관들이 듣는다면 분노할 만한 말이었지만, 이것은 그저 『내가 신앙하는 존재는 여신 세레스티느 님이지 인간인 신관들이 아니다』라는 지극히 당연한 의사를 표명했을 뿐이었다. 역시나 신관들도 이 발언에 꼬투리를 잡아서 이단자라느니 불신심자라느니, 불경죄를 물어야 한다느니 나무랄 수는 없겠지.

만약에 그리한다면 신관들이 『여신보다 자신들이 대단하다고 주장』하는 셈이다. 그것이야말로 큰일이겠지.

"어쨌든 그래서 이 일대 도시와 마을을 돌아다니며 여러 자선 활동을 하고 있습니다."

"오오오, 감사합니다……."

카오루가 적당히 설명하자 원장 선생님이 감동했는지 눈에 눈물이 글썽거렸다.

그리고…….

"저기, 전 의술에도 조금 조예가 있는데 아이들을 잠깐 살펴봐도 될까요?"

"더할 나위 없이 고마운 말씀이죠! 신관님도, 약사님도 좀처럼 아이들을 진찰해주질 않으시니……."

의학 지식이 다소 있는 약사라면 모를까, 신관이 해주는 치유의 기도는 그저 위안에 불과하다.

그럼에도 약간의 플라시보 효과는 있고, 신관이 기도를 해줬다는 안심감, 그리고 병이 악화되더라도 『신관님이 기도를 해주셨는데도 병이 낫질 않았으니 이게 나의 수명이자 운명이겠지』라면서 체념할 수 있다. 병자의 마음이 편안해지는 데 조금은 공헌하겠지.

그래서 카오루는 신관의 기도까지 부정하지는 않았다.

그러나 치료할 수 있는 병이라면 지금 치료해주는 편이 당연히 더 나았다.

그래서 카오루는 아이들을 모아서 순서대로 진찰해나갔는데…….

"옛 상처는 진즉에 나았고, 찰과상 정도는 침을 바르면 나을 테니 됐어. 병은 잘 모르겠지만, 상태가 명백히 이상한 아이는 없는 것 같고……. 몸이 야윈 건 잘 먹지 못해서 그런 걸 테니 어쩔 수 없고. 응, 혹시 모르니 영양제(겸 병 회복 효과가 있는 포션)을 먹여둘까……."

그리 말하면서 포션을 먹인다면 효과를 알 수 없을 테니 아무런 문제도 없다.

그리고 카오루는 만들어낸 포션을 가방에서 꺼낸 척 속이면서 아이들에게 먹였다.

달콤하고 맛있어서 아이들이 크게 좋아했다.

원장 선생님 및 어른들도 원하기에 나눠줬다.

고생하는지 어른들도 몸이 야위고 안색이 별로 좋지 않았다. 카오루는 마침 잘됐다고 생각했다.

"그럼 전 이만……."

"아, 아니, 저녁이라도 꼭 함께!"

물러나려고 하는 카오루……에디스를 원장 선생님이 만류하려고 했지만…….

"아뇨, 여신님의 도움을 필요로 하는 사람은 많고, 약이나 식재료를 구하려면 돈을 벌어야만 합니다. 그래서 이대로 다음 도시로 가야 해서……."

카오루가 그렇게까지 말했으니 더는 억지로 붙잡을 수 없겠지.

원장 선생님은 그저 답례로서 저녁이라도 대접할 생각이었다. 그러나 저 소녀를 더 붙들었다가는 자칫 은혜를 독점하고 싶어 하는 것처럼 오해를 살 수 있었다. 원장 선생님은 그렇게 판단할 수 있을 만한 총명함도 갖추고 있었다.

그래서 소녀에게 감사를 표하고서 배웅할 수밖에 없었다…….

"감사합니다!"

"""""""누나(언니), 고마워~!!"""""""

원장 선생님과 여러 어른들, 그리고 아이들이 배웅하자 카오루는 손을 흔들어주고서 고아원을 떠났다.

지금 끌고 있는 리어카는 나중에 아이템 박스에 수납할 예정이다.

(좋아, 고아원에 기부를 하는 신앙심이 독실한 여성이라는 평판을 퍼뜨리기 위한 씨앗을 뿌려뒀어! 이 여세를 몰아서 『떠도는 성녀』, 『방랑 성녀』라 불리도록 열심히 노력해야 해…….)

지난번에 헌터들과 만났을 때는 상황상 어쩔 수 없이 『여신의 가호』라는 명목으로 아주 약간 힘을 썼다. 그러나 이번에는 평범하게 『신전에는 소속되지 않은, 방랑하는(프리) 자선 활동가』로서 행동했을 뿐이었다.

카오루는 포션 제작 능력을 활용하여 여신이나 사도 행세를 할 생각은 전혀 없었다.

그런 짓을 벌였다가는 발모어 왕국 때의 전철을 밟게 된다. 귀족, 왕족, 신전, 거상, 그리고 민중들이 모여들고 들러붙어서 옴 짝달싹도 할 수가 없게 된다.

그리고 그들로부터 벗어나기 위해서는 힘을 선보여서 또다시 『협박으로 평온을 확보하는 방식』을 추구할 수밖에 없다. 그런 상황에서 신랑감을 찾는다면 카오루가 지닌 인간적 매력에 반한 사람이 아니라 그녀가 갖고 있는 힘을 원하는 사람들밖에 꼬이지 않게 되니 막대한 지장을 초래하게 된다.

……카오루에게 그것은 치명상이었다…….

제아무리 그 사람이 『카오루』가 아니라 『성녀 에디스』라고 해도 그렇게까지 큰일이 벌어진다면 그녀를 감시하는 눈이 늘 따라다 닐 것이다. 그 정체나 신분을 밝혀내려는 사람이 수없이 나타날 테니 카오루와 레이코(캔), 쿄코(사라에트), 그리고 『리틀 실버』 아이들과의 관계가 언제 노출될지 알 수가 없다.

그러므로 『여신의 가호』는 지극히 사소해서 귀족이나 왕족이 눈에 불을 켜고서 달려들 만한 수준이 아니라고 설정해뒀다.

여신이 변덕으로 힘을 아주 약간 빌려줬을 뿐. 삶과 죽음을 크게 좌우할 만한 수준이 아니라 기껏해야 소독약이나 지혈붕대 대용으로 쓸 수 있는 정도. 방침을 그렇게 세우고서 활동하기로 했다.

물론 치유는 현장에서만 실시하고, 보존할 수 있는 수수께끼의 약품 『포션』 따윈 존재하지 않는다.

그래도 『여신의 가호를 받은 소녀』(증거 있음)이니 성녀, 아니, 대성녀로서 확실히 인정을 받을 수 있겠지.

"헌터와 고아원. 다음은 고아원보다 더 아래, 강가에서 살고 있는 부랑아와 슬럼가에 가서 소문을 퍼뜨려볼까……. 뭐, 돈이라면『제1시즌』때 아빌리 상회를 통해서 포션과 각종 신제품 등을 팔아서 남긴 이윤도 있고, 내가 아이템 박스를 이용하여 해안도시나 마을에서 대량의 해산물을 옮겨와서 판 대금도 있고, 막대한 금화와 보석류도 있으니……."

그래, 신중한 카오루는 자산 일부를 크고 작은 보석류로 바꿔 놨다. 언제 멀리 도망치더라도 어느 나라에서 왔는지 아무도 알아차리지 못하게 그 나라의 돈으로 바꿀 수 있도록.

더욱이 남들의 주목을 끌 수 있는 고가의 보석이 아니라 작은 보석 알갱이로 바꿔 놨기에 적당히 환금할 수 있었다.

물론 겉모습만 보고 우습게 여기고서 가격을 꽤 후려칠 테지만…….

그러나 카오루가 성녀로서 활동하며 소비한 만큼 레이코가 헌터로서, 쿄코가 상인으로서 벌어서 보충할 예정이므로 문제없다.

이것은 카오루의 개인적인 지출이 아니라 공동작전을 벌이기 위한 필요경비이므로 해당 예산은『같은 지갑』에서 꺼내서 쓰기로 했다.

"좋았어. 앞으로 세 건을 더 처리한 뒤 일단『리틀 실버』로 돌아갈까! 그럼 후다닥 가자!"

제67장 임시 귀환

"""""""다녀오셨어요~!""""""""

"어서 와~."

아침에 내가 『리틀 실버』로 돌아가자 아이들과 레이코가 맞이해줬다.

아니, 현관 앞에서 기다려준 건 아니고 거실에서 데굴데굴 굴러다니며 입으로만······.

그래, 방 한 곳에만 데굴데굴거릴 수 있도록 유사 다다미를 깔아뒀다.

······어디까지나 『유사』였다. 실제로는 『골풀』이 아니라 비슷한 풀로 제작해달라고 부탁한 특별주문품이었다.

벌어들인 돈을 쓰지 않으면 경제가 돌아가지 않으니까. 저축만 한다고 능사는 아니다.

포션 용기로서 진짜 다다미를 생성할 수도 있지만, 이곳은 지상이므로 우리가 결정한 규칙에 따라서 『현지 기술과 현지 소재로 제작한 물건』을 고집했을 뿐이었다. 비싸긴 했지만.

역시 거실에는 다다미를 깔아놔야지.

쿄쨩은 아직 출장 중.

응, 『부캐』로서 활동하고 있는 사람을 이곳에서 그렇게 표현하기로 했다.

출장은 계속 이어지는 게 아니라 적절한 때에 이곳에 돌아오기로 정했다.

그리고 이곳 『리틀 실버』에 세 어른들이 한 명도 없는 시기가 발생하지 않도록 스케줄이라고 해야 하나, 시프트라고 해야 하나, 뭐, 그런 것을 미리 짜뒀다.

그래서 이곳에는 언제나 나, 레이코, 쿄짱 중 한 사람은 반드시 남아 있다.

물론 둘이 있을 때도 있고, 셋이 모두 있는 때도 있다.

……단지 세 어른이 모두 자리를 비워서는 안 된다.

뭐, 그렇게 하기로 했다.

그래서 내가 방금 돌아왔고, 현재 없는 사람은 쿄짱뿐.

나와 레이코는 거점으로 삼은 도시에 오랫동안 자리를 비워도 문제가 없어서 출장하러 나가는 날이 많아도 괜찮다.

그러나 쿄짱은 가게를 차렸기에 거점 도시에서 거의 떨어질 수가 없었다.

그런 『업무 형태적인 이유』도 있지만, 출장을 나갈 때 가장 커다란 문제는 이동 방법이었다.

레이코는 마법으로 신체를 강화하고, 바람 마법으로 몸을 살짝 띄워서 날아간다.

그리고 쿄짱은 초소형 연락정을 이용한다. ……실제로는 『전투정』인 것 같지만…….

그러므로 사실상 쿄짱은 이곳과 『상인 사라에트』가 거점으로 삼은 도시 사이를 이동하는 데 시간이 얼마 소요되지 않는다.

……다만 남의 눈에 띄지 않는 밤중에만 이동해야 하지만.

제아무리 연락정에 불가시 모드가 탑재되어 있다고 해도 가게 주인이 그렇게 빈번하게 가게 문을 닫고서 밖으로 나돈다면 부자연스러워서 의심을 하게 되겠지. ……그것도 아마도 이제부터 사람들의 이목을 끌게 될 상점 주인이 말이다…….

필시 상품을 매입하러 가는 길이라며 뒤를 밟을 게 틀림없다.

그래서 이동하는 것은 간단하지만, 빈번하게 돌아올 수는 없다는 뜻이었다.

우리가 자주 만나러 갈 수도 없으니까.

마찬가지로 누군가가 우리를 미행할 가능성이 있고, 주변 사람들이 자칫 얼굴을 외워버린다면 미래에 우리가 상인 사라에트와 『우연히 만나서 친구가 된다』는 이벤트에 지장이 생길지도 모르니까.

하물며 카오루나 레이코의 모습으로 만나러 가는 것은 언어도단이었다.

……그래서 가장 편하게 이동할 수 있는 쿄짱이 가장 돌아오기 힘들 수밖에…….

나?

나는 마법도 쓸 수 없을 뿐더러 초소형 연락정도 없다.

아니, 쿄짱이 『빌려줄까? 연락정……』하고 권유해줬지만, 조작법을 모른다고!

쿄짱은 여신 특전(치트)으로 조종 지식을 자동으로 취득했다. 그러나 그것을 운전학원에서 배우듯 익히는 것은 너무 위험하다. 첫 사고를 내자마자 즉사할 게 틀림없다.

자동 조종 기능이 어느 정도는 있다고 하지만, 구조나 능력 한계도 모르는 자동 조종 기능을 무서워서 어떻게 쓰겠냐고! 아무것도 없는 우주 공간을 날아다니기만 한다면 모를까……

아니, 뭐, 만들 수는 있을 거야. A버튼과 B버튼과 십자키로만 조종할 수 있는 탈것……처럼 생긴 포션 용기라든가.

그러나 그것을 창조하더라도 쿄짱과 달리 나는 조종술까지 자동으로 익히지 않는다.

무조건 사고가 벌어지겠지. 내기를 해도 좋다.

그리고 나에게는 세이브 포인트도, 남은 목숨도 없다.

그러니 하는 수 없이 신체 강화 포션을 쓰고 있다.

강화된 신체로 가도를 쓔웅, 하고.

……그야 물론 밤에만 달려야지……

낮에는 가도 말고, 남의 눈에 띄지 않는 숲속을 달리면 된다고?

그런 속도로 숲속을 달렸다가는 초목에 스쳐서 옷과 몸이 너덜너덜해질 거다. 그전에 풀이나 나무뿌리에 걸려서 넘어질 거라고!

그런 속도로 자빠졌다가는 틀림없이 뼈가 부러지겠지. 목이나 척추 등이……

즉사한다면 포션을 마실 새도 없고, 설령 포션으로 치유할 수 있을지라도 고통을 겪거나, 옷이 망가지는 건 싫어.

그래서 나는 다소 시간이 걸리더라도 야밤의 가도를 질주한다!

……그리고 아침인 지금 도착했다.

근육통?

포션만 마시면 낫지, 물론.

뭐, 그래서 며칠 동안『리틀 실버』아이들을 돌보기로 했다.

돌본다고 말은 했지만 이 아이들은 취사와 세탁, 청소와 말들(행과 배드)을 관리하는 것까지 스스로 할 줄 안다. 이제는 건어물이나 훈제를 제작할 때도 우리가 지도할 필요가 없고, 가게에도 스스로 납품할 수 있다.

……이 아이들은 내가 키워냈어!!

응응…….

좋아, 오늘은 분발하여 맛있는 음식을 만들어줄까…….

＊＊

오늘은 세 끼니 모두 호화로운……『리틀 실버(우리 집)』치고는……요리를 먹었다. 이제는 아이들과 어울리는 타임.

언제나 어른 중 하나 ……외모는 어른이 아니지만…… 가 남아 있지만, 어째선지 아이들은 내가 없으면 불안해하더라고…….

겉으로는 애써 태연한 척 참고 있는 듯하지만…….

전생 때는 아이들은 늘 쿄짱에게 들러붙고 내 곁에는 전혀 다가와주지 않았다. 그런데 이게 어찌된 영문인지…….

아니, 기쁜데? 기쁘긴 하지만…….

그리고 아이들은 내가 자리를 비운 동안에 무슨 일이 있었는지 앞 다투어 보고했다.

류시는 구출 작전 때는 그토록 야무졌으면서 지금은 마치 평범한 아이 같았다.

……아니, 평범한 꼬맹이들 맞지, 이 아이들은…….

뭐, 아이의 자랑은 잠자코 들어주는 것이 어른스러운 대응이다.

**

"다녀왔어~!"

이튿날 저녁은 조금 늦게 차렸다. 쿄짱이 돌아올 예정이었으니까.

쿄짱은 돌아오는 데 소요되는 시간이 매우 짧다. 그러나 누군가에게 발각될 확률을 조금이라도 낮추기 위해, 가게를 닫는 일수를 줄이기 위해 그날 영업을 마치고 완전히 캄캄해진 뒤에 가게를 은밀히 나와서 도시 밖까지 나가야만 했다. 그래서 이곳에 도착한 시간이 평소 저녁 식사 때보다 훨씬 늦어졌다.

얼마쯤 지나면 쿄짱의 뒤를 밟는 사람도 나타낼 테니 지금부터 경계해두는 편이 낫을 테니까.

그래서 오늘 저녁은 꽤 뒤로 미루고서 쿄짱이 돌아오기를 기다렸다.

그러므로 물론 오늘도 저녁을 약간 호화롭게 차렸다.

그리고 어제와 마찬가지로 아이들의 보고회가 이어졌고…….

"그럼 우리의 보고회를 시작할게."

아이들이 침실로 물러난 뒤 우리는 지하 사령부로 향했다.

그래, 이번에는 모두가 담당한 도시에 갔다가 처음으로 돌아온 날이다. 그래서 모두가 첫걸음을 잘 뗐는지 어떤지 알아보기 위해 보고회를 열었다. 결과가 영 좋지 않다면 대책을 마련해야만 한다.

실패한 도시에서 철수하여 다른 도시에서 다시 시작하든가, 광학 위장으로 얼굴을 바꿔서 동일한 도시에서 재시도하든가, 아니면 아예 직업을 바꾸든가…….

셋이서 논의를 하기 위해 어제는 레이코와 이 이야기를 하지 않았다. 줄곧 아이들에게 서비스를 했다.

사령부에 들어가 음료와 과자를 꺼내고서…….

"성과는 어땠어? 우선 레이코부터 부탁해."

"순조로워. 최하 랭크인 F로 헌터 등록, 약속된 2연전을 통해 실력 과시, 마법은 들키지 않았음."

"……완벽하네. 그럼 다음은 쿄짱."

내가 화제를 돌리자 다음에 쿄짱이 보고했다.

"상업 길드 마스터, 부마스터랑 안면을 텄고 가게 매수도 완료

했어. 지금은 내부를 꾸미면서 상품을 진열하는 중. 다음에 저쪽으로 돌아가면 점원이랑 물을 길어 오고 잡일을 맡아주고 조사도 해줄 인원을 고용할 예정이야. 후자는 비정규 고용."

그것은 예정됐던 행동이었다.

『리틀 실버(우리 집)』 아이들을 동원하는 방안은 지난번 회의에서 각하됐다.

아이들이 『무심코』 혹은 『유도심문에 걸려서 불쑥』 정보를 털어놓을 위험성을 배제할 수가 없으니까.

이 도시의 이름, 우리의 이름, 그리고 『리틀 실버(이곳)』의 명칭이 입 밖으로 나온다면 상인 사라에트(쿄짱)가 이곳과 연관이 있다는 사실이 밝혀질 확률이 상당히 높다……고 해야 하나, 거의 확실히 발각되겠지.

왜냐면 그리 멀리 떨어진 도시도 아니고, 우리는 이곳에서 이름이 꽤 알려졌다. 조사하는 손길이 이 도시에 미친 시점에 이곳과 우리의 존재가 확실히 발각될 것이다.

그 사태를 막기 위해 이곳의 아이들을 쿄짱이 운영하는 상점의 점원으로 써서는 안 된다.

……뭐, 그 이전에 여기서 한두 명만 쏙 빼서 다른 도시의 상점을 지키게 할 수는 없는 노릇이니까.

아이들은 서로 친하고, 무엇보다 아직 여섯 살에서 열 살밖에 되지 않은 꼬맹이들이니까.

아니, 아마도 가게를 빈틈없이 잘 보겠지. 불평도 토로하지 않고 태연한 얼굴로.

　……그래도 외롭게 만들 수는 없었다.

　아이들을 슬프게 하지 않는 것은 어른의 의무다.

　이의는 인정치 않겠다.

제68장 재출격

쿄짱 쪽도 순조로운 듯했다.

나와 레이코가 상품 종류, 가격, 점원 고용, 가게 선정 등등 세부까지 사전에 검토했기에 그 틀에서 크게 벗어나지만 않는다면 커다란 문제는 없겠지.

……쿄짱이 마음대로 하도록 내버려두면 어떻게 될지는 나와 레이코 모두 실컷 겪어봤기에 차질이 없도록 단단히 준비했다!

쿄짱이 『왜 내 일인데 세세하게 사전검토를 하는 거야!』하고 항의했는데, 혹시 이 녀석 자각하지 못했나?

아니, 아니아니아니아니!

말도 안 돼…….

……뭐, 됐나.

그리고 마지막은 내 차례다.

"그럼 마지막은 나네. 부상자를 떠안고 있었던 헌터 파티 둘, 고아원 셋, 슬럼가 두 군데에서 예정했던 행동을 실시했어. 아마도 각 업계에서 나름 소문이 퍼졌을 거야. 아직 각 도시 안에서만 소문이 나도는 수준일 뿐 여러 마을과 도시를 아우르는 큰 소문으로는 번지지 않았겠지만. 다음에는 주변의 작은 마을을 돌아다닐 생각이야. 지금까지는 신용을 얻기 위한 기반작업이었고 이제부터가 진짜야."

그래, 자그마한 마을들 사이에서 이야기가 퍼져나가면서 성녀가 탄생하는 것이 정석이다. 갑자기 대도시에서 시작되지는 않는다.

뭐, 설사 대도시에서 성녀가 탄생하더라도 귀족이나 유력자가 금세 눈독을 들일 테니 초기 단계에서 사라지거나 흡수될 테지.

나는 아마도 두 경우를 모두 배제할 수 있겠지만, 헌신적인 선행이 아니라 『악을 무찌른다』는 이미지가 굳어져버리면 『성녀』가 아니라 다른 명칭이 붙을 것 같거든…….

어쨌든 실전 증명(컴뱃 프루프)이 끝난 안전한 방식(예부터 내려오는 정석)을 택하는 게 타당하겠지.

그리고 그 후에 다시금 상세한 내용을 서로 보고하고, 앞으로 어떻게 할지 논의하고서…… 그대로 여자모임(술자리)으로 넘어갔다.

출장 중에는 여자 혼자서 술집에서 코가 삐뚤어지도록 마실 수는 없는 노릇이니 지구의 술……그것과 유사한 포션……이나 쿄짱이 모험에서 가져온 술, 그리고 레이코가 시험 삼아서 숙성 마법으로 만들어본 술을 마시고서 모두 뻗어버렸다.

……주로 레이코가 만든 술의 뒤끝이 별로 좋질 않아서 불쾌한 방향으로…….

**

"그럼 다녀올게."

""다녀와~!""

닷새 뒤 아이들이 잠자리에 든 뒤에 레이코가 출장하러 나섰다. 숲을 경유하여 사냥을 한 뒤 도시로 갈 예정이란다.

레이코는『사냥이나 채집하느라 숲속에서 야영했다』라느니『어디 먼 곳을 다녀왔다』라고 말하면 끝이기에 도시에 오래 체류하지 않아도 상관없었다.

나도『먼 고장을 돌아다녔다』,『산에 틀어박혀서 수행했다』라고 말하면 끝이었다.

그러나 쿄짱은『상품을 매입하기 위해 원정을 다녀왔다』말고는 그럴 듯한 이유가 없었다. 그리고 그것은 경영자가 가게를 며칠마다 비우면서까지 해야 할 일이 아니었다.

더욱이 소녀가 운영하는 신흥 상점이다. 점장이 자리를 비우고서 점원끼리 영업한다면 부디 이 상점을 노려주세요, 하고 홍보하는 꼴이었다.

그러므로 쿄짱은 가게를 개점한 뒤에는 이곳으로 돌아올 수 있는 횟수가 우리보다 훨씬 적겠네……. 미안한 마음이다.

그래서 이번에는 한동안 이곳에 머물다가 레이코가 돌아온 뒤 출격할 예정이다.

뭐, 이번에 가장 마지막에 돌아왔기도 했고.

그래서 나는 모레에 출격.

그로부터 며칠 뒤에 레이코가 돌아오면 쿄짱이 출격.

……분주하구만…….

뭐, 기반을 다지는 작업이 끝나면 도시에는 얼굴을 가끔씩만 비추면 되겠지?

어디까지나 그쪽은 『가짜 얼굴』이고, 본업은 이곳 『리틀 실버』 이니 말이야.

만약의 사태가 벌어지면 그 업계에서 영향력이 있는 유명인으로서 발언력을 행사하면 될 뿐이고.

**

딸랑딸랑

((((((왔다아아아아아아!!))))))

길드 지부에 긴장감이 흘렀다.

건물 안에 있는 헌터들 사이에서…… 그리고 길드 직원들 사이에서.

며칠 전에 갑자기 나타났던 수수께끼의 신인 헌터.

더욱이 강하고 미소녀에다가 가차 없다.

최하급 F랭크 헌터로 등록한 뒤 상시 의뢰를 확인하여 메모를 하고는 모습을 감췄다. 그 후에는 아무도 목격하지 않았는데, 드디어 이 도시에서 첫 의뢰를……아마도 상시 의뢰……마치고서 돌아왔겠지.

모두들 당연히 그렇게 생각했을 것이다.

여관에서 사는 헌터들이 그녀의 모습을 한 번도 보지 않았으니 이 도시를 떠났다는 사실은 알고 있었다. 그리고 그녀가 본인의 입으로 『한동안은 이 도시에 머물 예정』이라고 했고, 통상 의뢰는 수주하지 않았으니 달리 생각해볼 여지가 없었다.

그리고…….

"이거, 부탁해."

모두가 예상했던 대로 신인 헌터 캔은 해체장이 발행하는 대용화폐(토큰)를 환금 창구에 제출했다.

피투성이 사냥물을 이곳으로 가져와본들 난처할 뿐이라서 해체장에 직접 가져가도록 되어 있다.

그리고 범죄를 방지하기 위해 그곳에서는 현금이 아니라 일정한 액수에 해당하는 대용화폐(토큰)를 지급한다. 헌터들은 이곳에서 그것을 환금하면 된다.

얼핏 절차가 번거롭다고 생각할 수 있겠지만, 어차피 공헌도 포인트를 등록하기 위해 이곳에 올 필요가 있고, 해체장에 거액의 현금을 놔두는 건 여러모로 문제가 있었다. 그러므로 그 누구도 불평을 토로한 적이 없었다.

수상한 점이 있다면 환금하기 전에 해체장 측에 확인할 수 있으므로 부정한 행위나 범죄를 미연에 방지하는 데 큰 도움이 된다.

"어? 아, 저기, 잠시만 기다려주세요!"

딸랑…….

그래, 이렇게…….

안에 있던 헌터들이 스슥 이동하여 출입구 앞을 막았다. 앞문
과 뒷문 모두.

그리고 전직 헌터인 길드 직원들이 카운터에서 나와 출구로 사
사삭 다가갔다.

길드를 상대로 부정한 행위를 한 사람은 결코 도망칠 수 없다.

아까 그 종소리는 물론 범죄자를 막기 위한 신호였다.

지금쯤 뒷문에서 뛰쳐나간 직원이 부리나케 달려서 해체장 안
으로 들어갔을 것이다.

누군가가 해체장에서 대용화폐(토큰)를 훔치지 않았는지.

……그리고 도적이 동료가 환금 작업을 마칠 때까지 해체장을
제압하지는 않았는지.

최악의 경우에는 살인까지…….

뿌페~.

그리고 요상한 피리 소리가 들리더니…….

"문제없다! 원래 업무로 복귀하라!"

길드 직원이 지시하자 다른 직원과 헌터들이 안도한 얼굴로 원
래 위치로 돌아갔다.

"……저기, 방금 그건 대체……."

"아, 아뇨, 아무 것도 아닙니다! 아무것도 아니고말고요. 예!"

접수처 아가씨의 태도가 명백히 수상쩍었다.

캔이 그 눈을 응시하자 접수처 아가씨의 얼굴에 굵은 땀방울이 주르륵…….

"미안, 내가 잘못했다!!"

그때 뒷문에서 커다란 소리가 들렸다.

"미안하다! 너무 놀라서 대용화폐(토큰)를 넘겨주고서 굳어버렸다. 아가씨가 혼자서 그만한 액수의 대용화폐(토큰)를 가지고 가면 의심을 사는 게 당연하건만, 바로 사람을 보내서 알리지 못한 내 잘못이니라. 접수처 아가씨한테는 아무 책임도 없다. 양해해다오!"

"아~."

캔은 이 대목에서 비로소 자신이 범죄자 취급을 받았음을 눈치챘다.

"신인이 혼자서 오크를 사냥해온 건 역시 조금 부자연스럽나……. 일단 운송하기 위해 사람도 고용했는데……."

운송하는 데 썼던 리어카도, 고용했던 고아들도 오크를 옮긴 뒤 해체장 밖에 대기시켰다.

그래서 해체장 작업원들은 그녀가 어떻게 사냥물을 옮겨왔는지 알고 있지만, 이곳에 있는 사람들은 그 사실을 모른다.

그렇다면 소녀가 혼자서 오크를 사냥하여 도시까지 통째로 옮기는 것은 절대로 불가능하다고 의심할 만했다. 캔이 혼자서 활동한다는 사실도, 이 도시에는 아직 지인이 거의 없다는 사실도 알려져 있으니까.

그래서 오크를 토벌했음을 나타내는 색깔을 띠는 대용화폐(토큰)와 한 마리 양의 고기에 상당하는 대용화폐(토큰)를 어린 아가씨 혼자서 가져왔으니 위조가 아닌지 의심할 만도 했다.

"⋯⋯불가항력적인 일이 있었다는 건 이해했습니다. 접수처 아가씨는 무죄! 자신의 직무를 충실히 수행했을 뿐이라고 납득했습니다."

캔이 선언하자 접수처 아가씨와 해체장 아저씨가 안도하는 표정을 지었다.

"아니, 정말로, 미안하다⋯⋯. 하나 너도 상당히 그렇구나⋯⋯."

"미안합니다⋯⋯."

서로를 향해서 순순히 사과하는 해체장 아저씨와 캔.

"근데 고아들을 고용하여 사냥물을 옮기게 하다니⋯⋯."

해체장 안으로 사냥물을 옮겼기에 작업원들 모두는 리어카 두 대를 끌거나 밀었던 고아들을 봤다. 그리고 오크를 사냥한 방법을 물어보는 것은 헌터의 금기사항을 들춰내는 꼴이다. 이 자리에서 화제로 꺼내도 되는 내용은 사냥물을 운송한 방법뿐이었다.

그리고 아저씨가 기가 막힌 표정을 지은 이유는 물론 소녀가 직접 그 방법을 고안했기 때문이었다. 또한 더 놀랍게도⋯⋯ 소녀가 처음부터『오크, 또한 그에 필적하는 무게의 마물을 사냥할 수 있다고 확신』했기 때문이었다.

결코 우연히 오크와 맞닥뜨려서 운 좋게 처치한 것이 아니었다.

만약에 우연이었다면 처음부터 짐차(리어카)와 여러 고아들을 데리고 갔을 리가 없다.

대개는 사냥물을 옮기는 인원(포터)으로서 두어 명쯤 고용하는 게 보통이다. 그리고 짐차는 가도에서 벗어나는 지점에서 대기시켜둘 수밖에 없다.

그렇다면 짐차가 없더라도 가도까지 옮길 수 있는 장소에서 짐차가 필요한 사냥감을 확실히 사냥할 수 있으리라 확신했다는 뜻이다.

……그것도 한 마리의 오크를 분해하여 모두 싣는 데 필요한 두 대를.

이륜 짐차는 에도 시대는커녕 기원전 3000년경 인더스 문명의 유적에서도 해당 모양의 토기가 발굴됐을 정도다. 그러므로 카오루가 특별히 제작한 두『리어카형 포션 용기』도 사람들은 기이하게 여기지 않았을 것이다.

해질녘에 조금 떨어진 곳에서 봤다면「조금 별나게 생긴 짐차」라고만 생각했겠지.

다가가서 자세히 본다면 흔히 볼 수 있는 목제 짐차와는 달리 차체가 금속제이고, 차륜(타이어)이 이상한 재질(고무)로 되어 있다는 사실을 알 수 있겠지만.

더욱이 각 짐차에 절반씩 잘려서 실린 오크가 너무나도 임팩트가 컸기에 사람들의 시선은 적재된 짐에 쏠렸다. 그래서 그것을 옮기고 있는 리어카에는 별로 관심을 기울이지 않았을 것이다.

알루미늄으로 제작된 일본의 평범한 접이식 리어카의 적재량은 100~200Kg, 튼튼한 알루미늄제나 평범한 철제는 350Kg 전후. 특별히 튼튼해서 1톤에 가까운 하중도 견딜 수 있는 리어카도 있긴 하지만, 그것은 조건이 좋았을 경우……평탄한 포장도로일 경우……이므로『한계에 도전』하는 것은 노리지 않았다. 숫자를 늘려서 두 대의 리어카를 미리 준비하여 대처했다.

애당초 고아들 몇 명이 최대적재량까지 짐을 실은 리어카를 험로에서 움직일 수 있을 리가 없었다. 제아무리 불필요한 부위를 제거하고, 피를 빼내고, 내장의 대부분을 버려서 무게를 조금 줄이더라도…….

캔(레이코)은 아이템 박스를 공개할 수 없어서 어쩔 수 없이 고아를 부렸다. 그러나 물론 고아들이 돈을 벌 수 있도록 기회를 주자는 마음도 강했다.

미네와 아이들 때문도 있지만, 그 이전에 카오루가 본인의 표현을 빌리자면『제1시즌』때……아이템 박스에 갇히기 전……고아들(여신의 눈)에게 했던 행동을 알고 있으므로 그녀의 사고방식이 자꾸만 그쪽으로 이끌렸다.

더욱이 레이코는 원래부터 약자에게 다정했다.

……아이가 어리광을 부리거나, 자업자득으로 불행해졌을 경우를 빼고.

(그나저나 아이템 박스를 쓸 수 없어서 너무 불편해!!)

캔이 속으로 투덜거렸다. 무릇 인간은 한번 맛봤던 편리한 생활을 잊을 수 없는 법이다.

"많은 헌터들이 고아들을 포터로서 고용해준다면…… 아니, 그건 어려운 일인가!"

아저씨가 자기 입으로 말해놓고서 스스로 끝을 맺어버렸다.

어린 아이들을 데리고서 위험한 마물을 사냥하러 가는…… 아니, 『갈 수 있는』 헌터는 없다.

혹 있더라도 주변에서 만류하겠지.

애당초 어린애는 커다란 짐을 옮길 수 없다.

짐차를 끌고서 숲속을 나아가는 것도 불가능하다.

"애당초 어째서 넌…… 아니, 안 되지, 더 이상 말한다면……."

이곳까지 설명을 하러 온 것을 보면 저 아저씨도 해체장에서 나름 책임을 져야 하는 지위에 있겠지. 그런 사람이 부주의하게 특정 헌터를 비판할 수는 없었다. 더욱이 이토록 수많은 헌터와 길드 직원 앞에서…….

"뭐, 아이들이나 사회에 막 발을 내딛은 젊은 놈들한테 안전하게 돈을 벌 수 있는 일거리를 제공해줬으니 나로서는 불만이 없군……."

해체장 아저씨가 그렇게 말하고서 뒷문으로 향했다.

"""""""……""""""".

그리고 헌터들이 조용해졌다.

문제는 없었다. 전혀.

그저 저 신인 여성 헌터는 요행이 아니라 혼자서 오크를 확실히 쓰러뜨렸다. 그리고 지극히 당연하게도 사냥물을 통째로 운송할 수 있는 수단을 사전에 마련했다. ……그리고 상당히 많은 고아들에게 일자리를 제공해줬다. 그저 그뿐이었다.

"……돈, 아직 멀었어요? 아이들한테 품삯을 줘야만 하는데……."

"아! 시, 시시시, 실례했습니다!"

캔이 재촉하자 접수처 아가씨가 황급히 돈을 준비했다.

그리고 캔은 직원이 건넨 가죽 자루를 받고서 후문으로 나갔다. 아이들이 기다리고 있는 해체장 쪽으로…….

"……터무니없는 녀석이긴 한데……."

"저 녀석 덕분에 적어도 며칠 동안은 고아원 녀석들이 밥을 배불리 먹을 수 있겠다……."

헌터 중에는 고아 출신이 많았다.

그리고 자식을 남기고서 먼저 사망했던 헌터의 동료도 많았다.

""""""……"""""""

위험한 녀석이지만, 실력은 확실하다. 나쁜 녀석도 아니다.

그것이 모두가 캔에게 내린 평가였다.

……다시 말해 캔을 업계 동료로서 받아들였다는 소리였다.

**

　"오래 기다렸지~! 품삯은 누가 한꺼번에 받을래? 아니면 각자 따로?"

　"……되도록 따로. 다들 스스로 번 돈을 자기 손으로 직접 원장 선생님한테 주고 싶으니까……."

　가장 연장자로 보이는 소년이 설명하자 캔은 수긍했다. 캔은 이럴 줄 알고서 잔뜩 바꿔둔 은화를 자루에서 꺼냈다.

　"한 사람당 은화 1닢을 주기로 약속했지. 자, 줄 서~."

　캔이 말하자 아이들이 마른침을 꿀꺽 삼켰다.

　은화 1닢.

　일본에서는 1000엔에 상당하는 금액이다.

　큰 무 10개, 작은 고구마를 30개는 살 수 있는 돈.

　그것이 이번에 한 아이가 받는 보수였다.

　그리고 이 자리에는 아이들이 열 명 이상 있다…….

　불과 몇 시간 만에 자신들의 힘으로 벌어들인 돈.

　""""""우오오오오오오오오~!!""""""

　아이들이 환희하며 소리를 질렀다.

　그 목소리는 당연하게도 길드 건물 안에도 들렸다. 신인 헌터가 고아들에게 충분한 보수를 지급했음을 알려줬다.

　그리고 그 신인 헌터는 아이들에게 생긋 웃고서 말했다.

　"……얼른 줄 서라고!!"

레이코는 결코 아이들을 싫어하지 않지만, 예의범절에는 엄격했다…….

**

그저께 레이코가 출격했고, 오늘은 내가 재출격하는 날이다.

……그래, 『제2차 공격대를 발진해야 할 필요성이 인정된다』이 말씀.

아니, 그 후에도 계속 이어질 테지만 말이야. 안정기에 들어갈 때까지…….

그건 좋다. 앞으로 몇 번만 더 하면 가끔은 당일치기로 얼굴만 비치고서 돌아올 수 있게 될 테니.

……상점을 차린 쿄짱을 제외하고.

그래서 문제는 그 쿄짱이었다.

첫 번째에는 레이코, 쿄짱, 나 순서대로 출격했다. 그리고 나와 교대하여 레이코가 복귀할 테고 다음은 나, 그리고 쿄짱이 마지막.

……다시 말해 지금껏 쿄짱은 혼자서 아이들과 함께 생활한 적이 없었다는 뜻이다. 나와 레이코가 쇼핑을 나가거나, 행과 배드를 돌보느라 자리를 잠깐 비웠을 때를 제외하고서…….

아, 이번 출장 시즌을 시작했을 때, 행과 배드가 『어째서 우리를 타고 가지 않는 거야!!』라면서 항의를 꽤 했지만, 어쩔 수 없지. 행과 배드는 준마로서 눈에 띄니까…….

그렇게 설명을 해줘도 불평을 하기에 『왜냐면 신체 강화 포션을 마신 나보다 평균속도가 느리잖아』 하고 말해줬더니 크게 낙담했다.

……아니, 미안.

순간 최대속도는 분명 행과 배드보다 못하겠지만, 최대속도로 계속 달릴 수는 없으니 말이야.

행과 배드가 『그럼 우리한테도 그 포션을 먹이면 되잖아!』 하고 따지지 않았던 이유는 미처 알아채지 못해서였는지, 나에게 신의 약을 요구하는 것을 불경하다고 여겼는지, 아니면 말의 긍지가 걸린 문제이기 때문이었는지…….

어쨌든 청빈한 방랑 성녀가 값비싼 준마를 타고 다니는 것은 모양새가 좀 그래.

레이코 역시 신출내기 솔로 헌터라서 말을 갖고 있으면 부자연스럽고.

애당초 숲이나 산악지대에 갈 일이 많은 헌터가 말이나 마차를 소유해본들 낭비일 뿐이다. 쓸 기회가 적으니까.

말은 유지비가 꽤 든다고요…….

그것은 제쳐두고, 문제는 쿄짱이었다.

쿄짱은 우리들 중에서 가장 평범해 보인다.

……그래, 『보인다』 이 말이다.

겉모습이 나긋하게 생겼고, 눈매도 사납지 않고, 안경 뒤 눈동자에서는 속셈이라고는 찾아볼 수가 없고, 명랑하고 활기차고 천진난만한 여자애.

……처럼 보인다.

아니, 확실히 괜찮은 아이야. 솔직하고 선량하고 자신의 마음에 솔직한 아이.

……『자신의 마음에 솔직』.

그것이 이토록 무서운 말일 줄은 쿄짱과 만나기 전까지는 몰랐어…….

그 쿄짱이 나와 레이코가 없는 이 집에서 아이들과 함께 지낸다.

고아원 초대 원장 선생님에게서 영문을 알 수 없는 교육과 가르침을 받았던 그 아이들과 함께…….

『섞으면 위험』.

화장실을 청소할 때 볼 수 있는 세제 라벨에 적혀 있는 그 경고문.

어째선지 그 경고가 뇌리에 스쳤다.

……그러나 이제와 어쩔 도리가 없었다.

쿄코와 아이들을 믿을 수밖에 없었다.

……주로 아이들을.

그럼 슬슬 가볼까.

신체 강화 포션을 마시고서 밤이 드리운 도시를 향해서 고우~!

어서 자라고 말했는데도 나를 배웅하기 위해 도열한 아이들에게 손을 가볍게 흔들어줬다. 쿄짱에게 『아이들을 잘 부탁해』라는 마음을 담아서 눈짓을 보냈다.

오랫동안 알고 지내왔으니 그 정도는 전해진다.

쿄짱은 둔할 때는 철저히 둔하지만, 보통 그렇게까지 둔감하지 않다. 눈치가 나쁠 때는 사람을 너무 믿을 때뿐이다.

그러므로 자신이 속았다, 배신당했음을 깨달았을 때는 그 반동이 무섭지…….

세상이 파멸한다.

뭐, 쿄짱의 출장지에 사는 사람들이 성실하기를 기도하자.

……그 도시의 사람들을 위해서…….

"그럼 다녀올게. 또 돌아다니면서 사람들을 도와주고 올게!"

응, 아이들에게는 『다른 도시의 고아나 어려움에 처한 사람을 도우러 간다』고 설명해뒀다.

그렇게 해두면 아이들 역시 도움을 받은 처지인지라 반대할 수 없을 테니까. 붙잡아두고 싶어도 참아주겠지.

그럼…….

"발진(인게이지)!!"

＊＊

이번에는 명목상 거점으로 삼은 도시로 가지 않고, 처음부터 그 주변에 있는 작은 고장들을 돌아다녔다.

기부하거나 구호하려는 용도로 쓸 오크나 다른 식용 마물, 동물 등은 레이코에게서 잔뜩 받아서 아이템 박스에 넣어뒀다. 쿄짱도 판매용으로 여러 가지를 받았다.

헌터 길드나 정육점에서도 구입할 수 있지만, 돈을 쓸데없이 낭비할 필요는 없으니까.

그냥 유별난 독지가에 관한 소문이 도시나 마을을 뛰어넘어 쉽사리 퍼질 리가 없다.

그래서 나는 어느 마을이나 도시에서든 동일한 행동을 반복할 뿐이다. 매번 처음 만난 상대에게.

응, 간단한 일이다.

기부를 한 상대 말고는 내 얼굴을 모르니 돈이 많을 것 같은 선량한 사람을 노리는 일당과도 아직 맞닥뜨리지 않았다.

······지금은 아직······.

**

""""""""언니(누나) 고마워—!!""""""""
아이들이 감사하는 소리를 들으며 또 하나의 고아원을 떠났다.

응, 나는 광학위장용 액세서리 덕분에 눈매가 부드러워졌다. 아이들도 무서워하질 않아서······ 으, 시끄러워!!

어쨌든 나는 『사재를 털어서 복지 활동을 벌이는 독지가』로서 실적을 착착 쌓아갔다.

그러나 독지가는 어디까지나 독지가일 뿐 성녀는 아닌데…….

『리틀 실버』에 무슨 일이 벌어졌을 때 커다란 영향력을 행사하여 악당이나 권력자로부터 지키기 위해서는 독지가로서 충분한 신용과 명성, 그리고 아군을 획득한 뒤 어딘가에서 『성녀님』으로 승격(잡 체인지)해야만 한다.

그것도 권력자나 신전에 흡수되거나, 해코지를 당하거나, 왕족이나 귀족들이 나를 두고서 쟁탈전을 벌이거나, 어딘가에 갇히거나, 번식용으로 전락하지 않도록 주의하면서…….

허들, 너~무 높아…….

그리고 식량을 기부하는 데 썼던 리어카를 아이템 박스에 수납했다. 맨손이면 수상쩍게 비칠까봐 작은 가방을 어깨에 메고, 허리에는 수통과 나이프만 찬 간편한 복장으로 가도를 걸었다.

오늘은 이대로 다음 마을까지 가서 어떤 어려움을 겪고 있는 사람이 있다면 복지 활동을 벌이고, 딱히 없다면 노인들이라도 진찰해주고서 어깨 결림이나 요통을 완화해주는 여신의 치유(포션)라도 발라줄까.

……그렇게 생각했더니만…….

"의술과 약학에 조예가 깊은 방랑하는 무녀님이시라고요! 오오, 오오오!!"

촌장님이 뜬금없이 무릎을 꿇고서 절을 하는 게 아니겠어…….

아마도 마을에 부상자가 나왔는데 상태가 위험한 듯했다.

뭐, 이런 벽촌에서 중상자가 발생한다면 의사도 없고, 먼 도시까지 환자를 옮길 수도 없다. 의사나 약사에게 아무리 부탁해본들 이런 곳까지 와줄 리가 없다.

의사나 약사가 박정하다는 소리는 딱히 아니다.

단 한 명을 위해서 먼 고장까지 며칠씩이나 걸려서 갈 수는 없는 노릇이겠지.

만약에 의사나 약사가 며칠이나 자리를 비웠는데 그 사이에 도시에서 병자나 부상자가 나온다면?

인근 마을에서 목숨이 위태로운 중상자가 실려 온다면?

그리고 이 세계에서 여행은 결코 안전하지 않다. 여행하던 도중에 의사나 약사에게 무슨 일이 닥친다면 그가 미래에 건질 수 있었던 수많은 사람들이 목숨을 잃는다.

또한 그런 위험을 무릅쓰고, 시간까지 들여서 왔다고 치자. 마을에서 그에 합당한 왕진 요금을 지불할 수 있을까? 호위를 고용하려면 비용이 장난이 아닌데…….

결론.

벽촌의 급병 환자나 중상자는 부근에서 나는 약초와 붕대로 견뎌내면서 자력으로 연명할 수밖에 없다는 말이다.

……그러나 당연하지만 그렇게 하는 데도 한계가 있다.

큰 도시에서는 의사나 약이 있어서 살릴 수 있는 환자일지라도 제대로 된 조치를 받지 못하거나, 약이 없다면 살 수가 없다.

물론 이 세계의 의사나 약에 큰 효용이 없을지도 모른다.

그러나 살 수 있는 확률이 10퍼센트에서 15퍼센트로 올라가기만 해도 마을 사람을 위해서 무릎을 꿇고서 낯선 소녀에게 고개를 숙일 만한 가치가 있다. 이 촌장님은 그렇게 판단했겠지.

……그렇다면 도와주는 게 마땅해!

지금 나는 『성녀님』이니까.

그리고 나는 마을 외곽에 있는 어느 집으로 안내를 받았다. 나무꾼 일가가 살고 있단다.

부상자는 그 나무꾼. 작업을 하다가 사고를 당했단다.

산에서 일을 하다보면 위험한 일이 많으니까.

자신이 베어낸 나무에 깔리는 실수는 하지 않더라도, 나무가 쓰러질 때 콱 부러져서 날아든 나뭇가지에 얻어맞을 수도 있고, 마물과 들짐승, 낙석, 독사 등등 헤아릴 수가 없다.

남과 다투다가 부상을 입었다면 자업자득이겠지만, 작업하다가 사고를 당했다고 한다.

그렇다면 성녀의 축복을 받을 만한 자격이 충분했다.

부인으로 보이는 사람과 두 아이들은 아무 사전설명도 없이 촌장이 낯선 소녀를 데려와서 놀란 눈치였다. 그러나 촌장님이 『의사』, 『약사』, 『무녀』 세 단어를 입에 담자 내 팔을 붙잡고서 실내로 끌고 갔다.

……아프다고!

"부탁합니다, 부탁합니다!!"

알고 있어…….

조악한 침대에 누워 있는 서른 살 전후로 보이는 남성에게 다가가서 얼마나 다쳤는지 확인했다.

아마도 잠들었다기보다 의식을 잃은 것 같았다.

……뼈를 맞춰서 부목으로 고정시키긴 했지만, 보라색으로 부었다. 아마도 다리가 부러진 듯했다.

그건 괜찮다. 후유증이 다소 남겠지만, 골절 때문에 죽을 일은 없을 테고, 일도 계속할 수 있겠지. 문제는…….

"복부 상처가……."

그래, 오른쪽 옆구리가 크게 패여 있었다. 명백히 내장까지 다쳤다.

이러니 촌장님과 부인이 필사적으로 매달릴 수밖에.

자, 어쩌지…….

물론 살리고 싶었다. 치유되는 과정이 눈에 보이지 않는 질병에 걸렸다면 모를까, 눈에 또렷하게 보이는 이 부상을 치료했다가는 뭐라고 해야 할까, 『일개 방랑 성녀』의 영역을 뛰어넘지 않을까…….

어떡하지……. 으으음…….

아앗, 부인과 아이들이 필사적으로 애원하는 눈이…….

에잇, 이제 될 대로 되라!!

……그러나 일단은 내 힘만으로 치료한 상황이 아닌 것처럼 꾸며둘까…….

"여러분, 여신님의 자비에 매달리는『성녀 서클』의식을 행하겠습니다. 그러려면 이 사람을 살리고 싶다고 진심으로 바라는 사람들이 협력해줘야 합니다. 알아들었죠?"

끄덕끄덕끄덕!

"그럼 여러분, 여기서 원을 만들어서……."

실은 침대를 에워싸는 편이 더 그럴싸했겠지만, 공교롭게도 침대가 벽에 딱 붙어 있었다. 그래서 침대 앞에서 동그랗게 모일 수밖에 없었다. 나와 부인, 어린 오누이…… 그리고 촌장님이.

……촌장님의 존재가 섞여 있으니 위화감이 느껴졌다.

그럴싸하지 않은데…….

아니, 아니, 그건 아무렇든 상관없어!

"그럼 여러분, 동그랗게 원을 그리며 빙글빙글 돌면서 아버님의 회복을 기도해주세요. 자, 돌아요!"

빙글빙글.

빙글빙글빙글빙글.

빙글빙글빙글빙글빙글빙글빙글빙글…….

"돈도로게 돈도로게, 여신님이시여, 경건한 종복을 도와주소서, 구해주소서……."

"""돈도로게 돈도로게…….""""

가족과 촌장님도 나를 흉내 내어 주문을 읊기 시작했다.

……어느 비밀 결사 조직의 수상쩍은 의식이 아냐!

아니, 이런 말을 할 때가 아니지.

좋아, 슬슬…….

"정지! 애들아, 아버지의 다친 다리에 손을 살며시 대렴. 부인은 옆구리에……."

그리고 모두가 내 지시대로 손을 댄 것을 확인한 뒤 각 환부마다 특제 포션을 생성했다. 몇 초 동안 발광하는 기능이 달려 있는.

""우와아!""

자신이 손을 댄 곳에서 빛이 흘러넘치자 아이들이 감탄의 목소리를 흘렸다.

부인이 손을 댄 곳도 상황은 동일했다. 그런데 그쪽은 놀라 굳어버려서 목소리도 나오지 않는 듯했다.

그리고 나는 만약을 위해 부상자의 위 안에도 치유 포션을 생성했다.

표면에 뿌리기만 해도 괜찮을 테지만, 몸속에 있는 내장과 뼈가 다쳤기 때문에 먹여줘야만 안심이 될 것 같거든.

발광은 불과 몇 초 만에 끝났다. 부인과 아이들은 그대로 남성의 환부에 손을 댄 채로 필사적으로 기도했다.

그리고…….

"으…….."

"여보!"

""아빠!!""

아마도 의식을 되찾은 듯했다.

그리고 상처는 이미 아물었다. 이제 괜찮겠지.

"아, 무리하게 움직이지 마요! 표면은 아물었지만 내부는 아직 다 낫지 않았고, 쏟아져버린 피까지 되돌아온 것도 아니니까!"

응, 부상을 치유했을 때 꼭 말하는 대사였다. ……실제로는 완치했지만.

큰 부상을 순식간에 치료했다는 소문이 퍼져나가면 곤란하거든. 성녀의 힘으로서 그것은 오버 스펙이다. 권력자가 냄새를 맡고 몰려들면 어떡해.

아니, 이 남자를 치료하기 위해 이미 무리를 하긴 했지만. 그래서…….

"오오, 부인과 아이들의 기도가 여신님께 닿은 것 같네요! 이런 효과는 좀처럼 본 적이 없어요! 전 어디까지나 여러분의 기도가 여신님께 닿도록 거들었을 뿐 제게는 치유의 힘이 조금밖에 없습니다. 기적은 특정한 사람이 일으키는 게 아니라 진정 원하는 사람이 절실하게 바라고 기도했을 때 여신님께서 일으키시는 겁니다……."

응, 이렇게 말해두지 않는다면 나는 또 다시 사도님이 되고 말 테니까.

이번에 나는 어디까지나 『성녀님』이다. 여신님의 자그마한 비호를 받고 있고, 남보다 살짝 뛰어난 능력을 갖고 있는 일개 인간. 결코 『사도님』이나 인간을 초월한 존재가 아니다.

그 후에 부인에게서 상황을 전해들은 남편이 황급히 일어서려고 했다. 그래서 내가 부인과 촌장님에게 침대에서 나오지 못하도록 붙들어두라고 지시하자 그가 버둥버둥 거렸다.

그리고 부인과 촌장님이 보답을 하겠다고 하자 나는 식사를 부탁했다. 그랬더니 부인이 급히 조리장으로 뛰어갔다. 나는 촌장님에게 다음 일정을 전했다.

"마을에 그 밖에 다쳤거나 병에 걸린 사람은 없습니까? 딱히 중증이 아니더라도 몸 상태가 조금 좋지 않은 수준이라도 좋아요. 애당초 제게는 혼자서 누군가를 치료할 만한 힘이 없습니다. 이건 부인과 아이들의 힘 덕분입니다. 제가 혼자서 치료할 수 있는 건 고작해야 가벼운 부상이나 그리 무겁지 않은 병뿐. 그 역시 아주 약간만 효과가 있을 뿐입니다. 그래도 괜찮다면……."

그리고 촌장님은 물론 잘 안다고 말하는 것 같은, 왠지 묘하게 납득한 표정으로 고개를 여러 번 끄덕였다.

정말로 알아들었나?

그 후에 촌장님이 부상자와 병자들을 모아줬다. 나는 그들에게 약을 주고서 촌장님의 집에 묵었다.

원래부터 오늘 밤은 이 마을에서 신세를 질 작정이었다. 이 시간에 어린 아가씨가 마을을 떠나려고 하면 당연히 마을 사람들이 뜯어말릴 테니까.

뭐, 이로써 이 마을에서 해야 할 미션을 컴플리트했다.

여행하는 방랑 성녀의 소문이 이 마을부터 퍼져나가겠지.

……야망에 또 한걸음 다가섰다…….

음음.

**

그 무렵『리틀 실버』에서는 쿄코가 아이들에게 교육을 실시하고 있었다.

"……그래서 남이 속이거나 강요하여 맺은 약속은 지킬 필요가 없겠죠?"

""""""겠죠~!""""""

"친구를 다치게 한 사람은 두 번 다시 그러지 못하도록 해야 해요. 한번 악의가 담긴 거짓말을 내뱉거나, 폭력을 휘둘렀던 사람은『타인을 다치게 해도 상관없다』고 생각하는 사람이니 그 상황을 모면한다면 그런 짓을 또 저지르겠죠?"

""""""겠죠~!""""""

"겠, 겠죠……."

드디어 아랄까지 가세하고 말았다…….

카오루와 레이코가 모두 출장을 나간 지금, 이곳에 있는 어른은 쿄코뿐이었다.

그리고 쿄코는『본인이 올바르다고 생각하는 처세술』을 아이들에게 주입하고 있었다.

겉모습은 귀엽고 활기차고 명랑하며 터프하고 엄격.

동료를 소중히 여기지만, 적에게는 가차 없다.

너무나도 공통점이 많았다.

……너무 많았다…….

**

"……왜 내가 그렇게 혼이 나야만 했던 거야……."

개장한 자신의 가게, 트레이더 상점 2층에 있는 회장실에서 의자가 편안한지 확인하면서 쿄코가 푸념을 내뱉었다.

예정보다 조금 일찍 『리틀 실버』에 돌아온 카오루가 『더는 아이들한테 이상한 방향으로 영재 교육을 시키지 마! 도덕이나 정조 교육은 나랑 레이코가 할 테니 쿄쨩은 산수, 국어, 과학, 경제를 가르쳐!』하고 강한 어조로 말했다. 아이들이 쿄코에게서 배웠던 내용을 기쁘게 카오루에게 보고한 뒤에…….

사회 과목도 안 된다고 했다. 『왕위계승 다툼에서 패배한 제2 왕자측은 일족을 모조리 참살하여 뿌리를 뽑아야 하고, 그쪽에 가담했던 귀족은 대를 끊어버려야 해. 거상은 재산을 몰수하고서 밟아버려야 하겠지. 그렇게 조치해두면 훗날 통치하기가 편해질 테니까』라고 주석을 달면서 가르쳤기 때문에 카오루가 금지한 듯했다.

타국의 역사나 왕족이 내린 판단을 평민이 위에서 내려다보듯 비판했다가 그 나라의 관계자의 귀에 들어가기라도 한다면 큰일이 벌어진다.

이곳은 아직 평민의 인권이나 언론 자유 같은 의식이 매우 희박한 세계이므로 입이 가벼운 아이들에게 이상한 내용을 가르쳐서는 안 된다. 카오루의 그 판단은 지극히 당연하겠지.

……그리고 아이들에게『자신에게 이득이 된다는 이유만으로 죄가 없는 사람까지 포함하여 일당을 모조리 참살』하는 방식을 추천하는 것도 곤란하다.

"뭐, 카오루는 말을 한 번 내뱉으면 절대로 번복하지 않으니 어쩔 수 없나……."

쿄코는 카오루가 왜 그렇게 말했는지 잘 모르는 눈치였다.

『리틀 실버』에 조금 오래 머물 예정이었기에 공무소(工務所)에 열쇠를 맡기면서 이쪽에 돌아올 즈음에는 개장공사를 끝내달라고 부탁했다. 돌아와 보니 공사가 끝난 상태였다. 이제는 상품을 반입하여 진열하고, 방범 시설을 설치하고, 점원을 구하는 일만 남았다.

2층 회장실과 쿄코의 프라이빗 룸에 들여놓을 침대와 책상, 체스트, 장식품 등은 아이템 박스에서 꺼내기만 하면 된다. 그리고 이미 설치를 대강 마쳤다. 이제는 모함에서 가져온 완전 독립형 목욕 시설과 변기를 설치하는 일만 남았는데…….

역시나 그것들은 공무점 직원이 작업을 마친 후에 설치하는 편이 좋을 것 같아서 뒤로 미뤄뒀다.

"내일은 목욕 시설과 화장실을 설치하고, 상품을 진열할까…….
아이템 박스에서 꺼내기만 하면 되는 간단한 작업이니까…… 아, 아니, 아니, 그보다도 먼저 시간이 걸릴 것 같은 작업부터 처리해야 하잖아!"

……그래, 쿄코가 아무리 아이템 박스를 갖고 있다고 해도 시간을 단축할 수가 없는 일.

그것은 사람을 구하는 일이었다.

**

"죄송한데요. 알선업체는 상공 길드에 가맹했나요?"

이튿날 쿄코…… 사라에트는 상공 길드의 접수처 아가씨에게 그렇게 물어봤는데…….

"자, 잠시만 기다려주세요!"

접수처 아가씨가 그렇게 말하고서 2층으로 후다닥 올라갔다.

그리고 금방 돌아오더니…….

"길드 마스터가 뵙기를 청합니다. 자, 이쪽으로…….""

(오오, 신참한테는 길드 마스터가 직접 알려주나……. 참 좋은 길드야….)

쿄코는 인복이 많다며 기뻐했다.

＊＊

"……그래서 사람을 고용하고 싶다고?"

"예. 조금 값비싸거나, 진귀한 상품도 취급할 거라서 신용할 수 있는 사람을 구하고 싶어서……. 신분이나 가문, 가족 같은 건 상관없어요. 고아든 노예든 전과가 있는 전 범죄자든 괜찮거든요. ……현역 범죄자만 아니라면. 아, 전 범죄자일 경우에는 무슨 죄를 졌는지 마음에 걸리긴 하겠지만요. 부녀자 폭행, 강도 살인, 절도 같은 죄상은 안 됩니다. 무언가를 지키기 위해 어쩔 수 없이 범행을 저질렀거나, 다시 범죄를 저지르지 않는다는 확증이 있고, 그 이유가 분명할 경우에는 괜찮지만요. 그리고 잡일이나 물을 길어 오는 일을 부탁할 만한, 정규직은 아니고 이따금씩 심부름을 맡길 수 있는 아이도……. 역시 고아원이나 다리 밑에 사는 부랑아가 좋겠네요, 기왕 모집할 생각이라면…….""

쿄코…… 사라에트는 『노예』라는 표현을 입에 담았지만, 이 나라에는 딱히 노예 제도가 존재하지 않았다. 빚을 갚지 못해서 구속당한 채 강제적으로 일하는 자와 형벌을 받아 강제로 노역하는 범죄자를 가리키는 표현일 뿐이다.

그것이 세레스가 부여한 번역 기능 때문에 『노예』로 해석된 것이다.

이 나라는 체포된 범죄자가 일도 하지 않고 세금으로 공짜 밥을 축내는 것을 허용할 만큼 호락호락하지 않았다.

진지하게 일하지 않는 사람은 광산이나 군대 등으로 보내지기에 모두들 빠릿빠릿하게 일했다.

그래서 노예라고는 해도 학대는 허용되지 않는다. 주인은 노예에게 최소한 빈민 수준의 의식주는 제공해야 하고, 병에 걸리거나 부상을 입었을 때 치료를 해줄 의무가 있다. 그리고 폭력을 휘두르거나 성적으로 무언가를 강요하는 것을 금지하는 법도 엄수해야 한다.

다시 말해 노예는 주인의 소유물이 아니다. 빚을 다 변제하거나 형기가 만료되기 전까지 돈을 지불하면 그 사람을 대여할 수 있을 뿐이다. 그야말로 소중히 다뤄야 할 『수탁물』이었다.

물론 불법 노예는 그러한 보호를 받지 못하지만, 불법 노예를 저택의 지하 감옥이나 개인이 소유한 광산 말고 남의 눈에 띄는 곳에 놔두는 사람은 없다. 들켰다가는 중죄이니까…….

다시 말해 점원으로서 부릴 만한 노예는, 빚을 변제하지 못한 사람이거나 범죄자 중에서 신용할 수 있는 사람이라는 뜻이었다.

(있겠냐, 그런 놈이!)

성공 길드의 마스터가 속으로 푸념할 만도 했다.

분명 그런 사람이 아예 없는 것은 아니겠지.

그러나 경마장에서 도박을 싫어하는 사람을 찾거나, 병원 대합실에서 건강한 사람을 찾는 거나 마찬가지였다.

없다고는 할 수 없겠지만, 기왕 찾을 거라면 더 나은 장소가 있다는 뜻이었다.

길드 마스터는 특히 문제가 벌어지는 것을 피하고 싶으므로 어떻게든 다른 경로로 점원 후보자를 찾아주고 싶었다.

……그리고 한동안 멍하니 생각한 뒤…….

"……잠깐. 잠깐잠깐잠깐잠깐잠깐! 너, 무슨…… 아니아니, 아가씨, 값비싼 상품을 취급하는 가게에서 고아나 노예나 범죄자를 고용할 심산? 아니, 아니아니아니아니아니!!"

길드 마스터와, 사라에트를 안내하고서 그대로 대기하고 있던 접수처 아가씨도『그건 아니지~』하고 말하고 싶은 표정을 지었다.

"어? 하지만 평범하게 사람을 구한다면 다른 상인의 입김이 닿은 사람이 응모할지도 모르잖아요. 그런 사람을 고용하는 것보다는 훨씬 신용할 수 있지 않을까요? 후하게 대우하면 은혜를 느끼고서 절대로 배신하지 않을지도……."

"으…… 밑바닥으로 떨어진 녀석을 고용해서 평범하게 대우해 주면 분명 고마운 마음과 충성심을…… 아니, 그건 양심을 가진 녀석일 경우이고, 기본적으로 그런 녀석들은……. 종업원이 가게 금고의 내용물과 값어치가 나가는 상품을 챙겨서 줄행랑을 치는 사례는 상점에서 종종 벌어져요. 매년 여러 건이나 발생하는 연례행사라고요! 위험을 조금이라도 줄이고 싶다면 번듯한 직업이 있는 가족을 둔 사람을 고용하여 불상사가 벌어졌을 때 배상책임을 부담케 하는 연좌서약서를 작성하도록……."

그것은 많은 돈이나 고액 상품을 취급하는 가게에서 점원을 고용할 때 지켜야하는 상식일지도 모르겠다.

……이 세계에서는.

그러나 사라에트…… 쿄코는 이 세계의 상식보다 자신의 뜻을 우선했다.

"가족을 인질로 삼아 충성을 강요하기보다 정말로 진심으로 충성심을 갖고 있는 사람을 고용하는 편이 나을 것 같은데……. 게다가 배신한다면 보증인이 아니라 본인한테 책임을 물으면 끝이잖아요? 지구 끝이라도 쫓아가서……."

"……."

호인인지 아니면 지독한 건지 잘 모르겠다.

쿄코는 연대책임이니 연좌제이니 십오제(什伍制) 같은 부류를 싫어했다.

물론 일본에서 실시되는 보증인 제도의 필요성은 인식하고 있지만, 『연대 보증인』이라는 제도는 매우 기피했다.

책임은 살아서 일할 수 있는 한 철저히 본인이 져야만 한다.

그것이 쿄코의 신념이었다.

그러나 길드 마스터는 이상한 자를 고용했다가 무슨 일이 터진다면 큰일이므로 어떻게든 자신이 통제할 수 있는 사람을 보내서 안심하고 싶었다. 악의는 전혀 없고 철저히 소녀의 안전을 위해서…….

"알선업체도 상공 길드에 가맹했습니다만, 그쪽은 임시적으로 대인원을 고용할 경우, 다시 말해 가도를 긴급하게 수리할 역부나, 산사태가 났을 때 복구할 작업원이나, 상인을 호위할 경호원이나, 용병 등을 급하게 모집하는 업무를 주로 맡거든요. 점원이나 메이드 한두 명 수준은 우리 길드에서 직접 처리해드릴 수 있는데요?"

다소 사실에 반하는 설명이었지만, 악의는 없었다. 고객을 위한 배려였다. 길드 마스터는 쿄코의 직업적인 긍지를 훼손하지 않으면서 그렇게 설명했으나…….

"그 말은 길드 측이 누군가를 정해서 추천해주겠다는 뜻인가요?"

"예, 그런 셈이지요. 등록자 중에서 가장 적합한 자를 선별하여 소개해드리겠습니다. 물론 면접을 보시고서 성에 차지 않으신다면 거절하셔도 좋습니다. 그럼 다음 사람을 소개해드리지요?"

"으~음……."

쿄코는 그 방식이 별로 내키지 않았다.

집단 면접이나 콘테스트 방식이라면 더 적합한 사람이 있었다는 등 여러 이유를 대면서 채용을 거부할 수 있다.

그러나 딱 한 명만 면접을 보고서 불합격 판정을 내린다면 『넌 무능해』, 『실격이야』 하고 선언하는 셈이라서 그 사람이 너무나도 불쌍할 것 같았다.

"ㅇㅇㅇㅇㅇㅇ음……."

그리고 쿄코는 잠시 생각한 뒤…….

"스스로 찾아볼래요."

그렇게 말하고서 자리에서 일어섰다.

"어? 아니, 저기, 잠깐, 잠깐잠깐잠깐, 잠깐만, 사라에트 님!!"

길드 마스터가 황급히 붙잡으려고 하자 쿄코는 얼른 방에서 나가버렸다…….

**

(역시 가게를 맡겨야 하니 신용할 수 있으면서도 마음이 잘 맞고, 능력 있고, 착하고, 의욕 있고, 백수라서 한가할 것 같은 사람…… 아니, 그건 없지! 그런 사람은 애당초 없고, 설령 능력이나 성격이 조건에 맞더라도 그런 사람이 일자리가 없어서 한가할 리가 없잖아!)

자택(가게)으로 돌아가는 길…….

쿄코는 옛날에 카오루가 『쿄짱, 싸고 맛있고 편안하고 한산한 음식점을 아니?』하고 물었을 때, 『없어! 그런 가게는 애당초 없고, 그런 근사한 가게가 어떻게 한산할 수가 있겠어! 애당초 늘 한산했다면 진즉에 망했을 거라고!!』하고 호통을 쳤던 기억이 떠올랐다.

그때 쿄코는 카오루를 보고서 『왜 자기 입맛대로만 생각하는 건지……. 가게의 처지도 좀 헤아려야지!』라고 생각했다. 그런데 설마 자신이 비슷한 요구를 할 줄이야. 쿄코는 자신이 카오루와 달리 상식과 양식을 갖췄다고 여겼던지라 데미지를 조금 입었다.

실은 카오루와 레이코도 각자 『우리 셋 중에서는 내가 가장 상식인』이라고 생각하고 있다는 걸 모른 채…….

그래, 세 사람은 모두 각자『내가 몰상식한 두 사람을 억제하며 올바른 길로 이끌고 있어』라고 생각했다. 본인만은 상식을 갖춘 평범한 사람이라고 여기고 있었다.

동급생들은 모두 이 세 사람이 각자 그렇게 생각하고 있음을 눈치챘다. 그러나 정작 당사자들은 전혀 알아채지 못했다.

"어쨌든 점원은 필요하고, 알선업체에는 희망하는 인재가 없어. 상업 길드에 소개를 부탁했다가는 다른 상점이 투입한 스파이나 내 상점을 빼앗으려는 대형 상점의 차남, 삼남을 보내줄 확률이 높아. 그렇다면……."

쿄코는 소리 내어 그렇게 말한 뒤 두 주먹을 불끈 쥐었다.

"스스로 찾는 수밖에 없어!"

그러나 말은 그렇게 했지만, 다른 상점에서 좋은 인재를 빼내올 수 있을 리가 없었다.

그러므로…….

"좋아, 고아원에 가자!"

인재가 없어서 어려움에 처했다면 고아.

카오루가 들려줬던『제1시즌』에 등장했던『여신의 눈』이나 여행하던 도중에 장기체류했던 도시에서 종종 고용했던 고아들. 쿄코가 그 이야기를 바탕으로 그렇게 단순한 판단을 내린 것은 어찌 보면 자연스러웠다.

……그래, 레이코와 마찬가지로…….

역시 이 세 사람은 『유유상종』이었다.

그리고 쿄코는 그 길로 고아원으로 향했다.

**

"글자를 읽고 쓸 수 있고, 계산도 할 줄 아는 아이 둘을 주세요!"

그리고 원장 선생님과 두 도우미 아줌마에게……자원봉사자가 아니라 고용된 듯했다……간단한 희망사항을 전했더니…….

""""기꺼이이이이이이이!!""""

흔쾌히 승낙해줬다.

"그럼 점원 둘이 필요하다는 말이죠?"

"예, 일단 그 정도를 고용할까 해요. 개점한 뒤 상황에 따라서 증원할 가능성도 있습니다만……."

쿄코가 상세히 설명하자 원장 선생님이 눈빛을 반짝이며 확인 질문을 했다. 그리고 쿄코는 그렇게 대답했다.

고아원에서는 아이가 다섯 살쯤 되면 읽기와 쓰기, 계산, 주요 직업에 관한 내용, 사회 구조, 상식 등을 가르치기 시작한다고 했다. 아이들이 조금이라도 더 나은 인생을 걸어 나갈 수 있도록…….

『다섯 살쯤』이라고 표현한 이유는 생년월일이 불분명한 아이가 많아서였다.

그런 아이의 나이는 원장 선생님이 감으로 결정한다. 생일은 이 고아원에 온 날로 정한다.

다시 말해 고아원에 오래 몸을 담았던 아이라면 쿄코가 원하는 최소 조건인 『읽기와 쓰기, 계산이 가능한 사람』에 부합된다는 뜻이었다.

고아가 새롭게 개점하는 상점에 기간요원으로서 고용된다. 청소부나 심부름꾼이 아니라……

그것도 고용할 예정인 두 점원 자리 모두에!

여태껏 그런 사례는 들어본 적이 없었다. 그리고 앞으로도 들을 일이 없겠지.

……이번에 고용한 고아가 일을 잘하여 경영자가 흡족해했다는 사실이 이 도시, 이 나라, 그리고 주변 나라에까지 퍼진다면 또 모르겠지만…….

번쩍!!

원장 선생님과 도우미 아줌마들이 눈을 부릅떴다.

""""잘 부탁합니다아!!""""

※※

"이 정도면 이 부근에 있는 아이들은 거의 다 모인 건가?"

"응. 부탁한 대로 이 도시에 사는 그룹 전부랑 솔로 아이들 대부분한테 말을 걸었어. 솔로 아이들 일부랑 각 그룹의 어린애, 그리고 걔네들을 돌보는 아이만 빼고서 다 왔어."

쿄코는 『음식을 나눠줄 테니 이 도시의 모든 부랑아들을 강변에 소집해줬으면 좋겠어. 단, 너무 어린 아이랑 돌봄 담당은 오지 않아도 돼. 그 아이들의 몫은 각 리더한테 들려서 보낼게. 인원을 과도하게 신고하면 따끔하게 혼낼 거야!』라는 부탁을 했었다. 그걸 받은 열두어 살쯤 된 『강변파』 리더 소년이 그렇게 말하고서 가슴을 활짝 폈다.

이 도시에 사는 모든 부랑아들에게 얼굴이 알려진 사람은 자기뿐이라고 자랑하는 듯했다.

솔로란 그룹을 형성하지 못하고 외로운 늑대로서 살아가는 아이를 가리킨단다.

솔로는 경계심이 강하고 성격이 까다로운 아이가 많다고 했다. 그래서 이 소년도 그런 아이들에게는 영향력이 별로 없는 듯했다.

강변이나 폐가에 사는 아이는 정확하게는 『홈리스 고아』였다. 특정한 보금자리를 갖지 못한 『부랑아』와는 달랐다. 그러나 카오루가 고아원에 사는 아이들과 구별하기 위해 『부랑아』라고 표현했기에 레이코와 쿄코도 따라했다.

강변파 리더가 쿄코의 지시에 따라준 이유는 그녀가 『선불금』으로서 강변파 멤버들 모두를 배불리 먹여줬고, 또한 이 도시의 부랑아들을 소집해주는 대가로 은화 2닢을 줬기 때문이었다. ……물론 그것도 미리 지급했다.

은화 3닢은 야채가 저렴한 이 나라에서 큰 무를 서른 개나 살 수 있는 금액이었다.

그리고 그것은 강변에 사는 아이들이 일주일을 살아갈 수 있다는 것을 의미했다.

쿄코가 고아원 아이는 점원으로서 두 명밖에 고용하지 않고, 잡일을 처리하기 위해 부랑아들을 쓰려는 데에는 이유가 있었다.

고아원 아이들에게는 고아원에서 보내야 할 생활이 있었다. 공부나, 텃밭 가꾸기 등…….

그러므로 언제 잡일이 생길지도 모르는데 가게 주변에 계속 대기시켜둘 수는 없었다. 그리고 많은 고아들을 밖에서 일을 시킨다면 사람들이 고아원을 고운 시선으로 바라보지 않을 것이다.

두 연장자만 일하도록 허락하는 정도라면 고아원 경영이 어렵다든지, 고아원을 곧 나가야 하니 독립 자금을 벌어야 한다든지, 독립한 후 취직할 곳에서 미리 근무하기로 했다든지 등등 얼마든지 해명할 수 있었다.

사실 고아원은 이번을 계기로 두 아이를 독립시켜서 가게에 기거하면서 일을 하면 좋겠다고 생각했다. 그러나 안타깝게도 가게에는 남는 방이 없었다. 또한 쿄코가 비밀 누설을 우려했기에 고아원에서 출퇴근을 하기로 했다.

언젠가 두 아이가 싸구려 방이라도 함께 빌려서 고아원을 나와 정말로 독립하는 날이 오겠지.

두 아이가 나가면 또 다른 두 고아를 고아원에 들일 수 있다.

이번에 고용된 그 아이들도 그런 식으로 고아원이 들어갈 수 있었으니까…….

그리고 쿄코가 심부름꾼으로서 부랑아들을 쓰려는 이유는 하나 더 있었다.

그것은 고아원 아이들은 적어도 굶어 죽을 일이 없기 때문이었다.

그에 비해 부랑아들은 굶주림이나 질병, 혹한 등으로 덧없이 죽는다.

고아와 부랑아, 어느 쪽에 일거리를 주고 싶은지는 마음씨가 착한 쿄코에게 굳이 물어볼 필요가 없겠지.

다만 두 정규 점원은 읽기와 쓰기와 계산을 할 줄 알아야 하고, 신용이 있어야 하고, 몸차림이 깨끗해야 하므로 부랑아를 고용하는 것은 조금 곤란했다.

더욱이 부랑아에게 가게를 맡겼다가는 쓸데없는 트러블이 발생할 게 눈에 보였다.

"그럼 약속한 대로 배불리 먹도록 해요! 배를 가득 채우면 달콤한 과자도 나눠줄게!"

굶주린 아이들이 음식을 준다는 말을 듣고서 모여들었다. 우선 무언가 먹이지 않으면 이야기를 들어줄 턱이 없다. ……다들 자신과 동료 말고는 아무도 믿지 않으므로…….

또한 마음껏 먹고서 후다닥 돌아가 버리면 곤란하므로 쿄코는 아이들을 붙잡아둘 유인책도 잊지 않았다.

일단 음식은 『리틀 실버』에서 카오루, 레이코와 함께 대량으로 만들어서 나무함에 담았다. 그러고는 아이템 박스에 넣어서 이 도시로 넘어온 뒤 리어카로 이리로 옮겨왔다.

그리고 마찬가지로 리어카에 실어서 가져온 커다란 냄비를 강변에 널린 돌로 즉석에서 만든 아궁이에 올린 뒤 재료를 넣고서 고기 야채 스프를 끓였다.

일단 음식은 냄비나 큰 접시를 통째로 낚아채고서 도망칠 수 없는 것으로 택했다.

……하기야 들고서 도망친다고 쳐도 이렇게나 많은 고아들을 뿌리치고서 달아나는 것은 불가능하겠지만…….

그리고 아이들 대부분이 배를 다 채웠을 즈음에 쿄코가 모두에게 설명하기 시작했다.

발을 붙들어두기 위해 준비해둔 과자는 아직 나설 차례가 아니었다.

"그럼 오늘 모여 준 여러분들한테 알려줄 사항이 있어요. 앞으로 내 가게에서 비정기적으로 물을 길어 오고, 잡일을 해주고, 심부름을 해준다면 품삯과 음식을 주겠습니다!"

그리고 쿄코는 본론에 들어갔다…….

**

고아원을 방문한 지 며칠이 지났다.

쿄코는 면접을 실시하여 고아원에서 사는 열두 살과 열세 살짜리 여자를 고용하기로 했다.

서양 인종에 가까운 이 소녀들은 열두세 살밖에 안 됐는데도 키가 160센티미터 가까이 됐다. 동갑인 일본인과 비교하여 5센티미터가 더 컸다. 이 키는 일본 성인여성의 평균과 거의 비슷했다.

일본인은 전반적으로 동안이라서 이 두 아이는 키를 봐도, 외모를 봐도 고등학생이나 대학생처럼 보였다. 일을 시키는 데 아무런 양심의 가책도 느껴지지 않았다.

애당초 평범한 가정에서 태어난 아이라면 자택에서 출퇴근을 하면서 일을 하는 경우가 많은 나이였다.

역시나 독립하여 혼자서 살기에는 조금 이른 나이이지만…….

둘 다 여자를 택한 이유는 역시나 판매업이라는 점을 고려했고, 여자만 뽑아두면 한가할 때 말동무로서 여러 이야기를 나누기가 편할 것 같아서였다.

……사춘기 남자애는 여러모로 다루기가 버겁다.

두 아이에게는 방범 부저와 방범 스프레이, 호신용 볼펜(택티컬 펜) 등을 지급했다. 가게에는 요란하게 울어대는 경보벨을 비롯하여 출입구와 카운터에 쇠창살이 내려오는 장치 등 여러 가지를 설치할 예정이었다.

**

"업무 내용은 방금 설명한 게 전부인데, 괜찮겠어?"

""예!""

고아원 아이에게 이번 고용은 천재일우의 찬스였다. 놓치거나 망치는 아이는 없다. 기필코 물고 늘어지려고 하겠지.

본인들의 장래만 걸린 문제가 아니었다. 그들의 성공과 실패가 후배들의 미래를 좌우할 것이다. 설령 자신의 목숨을 희생해서라도 반드시 고용주에게 『고아원 아이를 고용하길 잘 했어』, 『다음에도 고아원 아이를 고용하자』는 만족감을 심어줘야만 한다.

이 가게를 위해서라면 도적이 침입하여 습격하더라도 한 사람당 한 놈은 반드시 죽이겠다. 여차하면 동귀어진을 해서라도 적을 기필코 쓰러뜨려서 상점의 매상을 지켜내야만 한다. 자신의 뒤를 따를 고아원 아이들을 위해서…….

두 아이는 그렇게 생각하며 마음속으로 비장한 결의를 품었는데…….

"근데 만약에 강도나 도적이 습격해오면 내가 시킨 대로 매상과 잔돈을 전부 내주도록 해."

""예?""

"범인은 추후에 반드시 붙잡아서 죄를 깨우치도록 할 테니 가게 안에서 위험을 무릅쓰면서까지 잡을 필요는 없어. 돈은 되찾으면 그만이고, 만약에 되찾지 못하더라도 또 벌면 되거든. 그보다도 몇 푼에 불과한 하루치 매상이 아까워서 소중한 종업원을 잃는다면 오히려 손해가 막심하니까!"

""에에에에에에엥?""

그리고 쿄코는 뒤이어서 방범용품과 방범 시스템 사용법을 설명했다.

""마, 마법사…….""

갓 점원이 된 두 아이가 동요했다.

"……그리고 만약에 부정한 짓을 저지르거나, 가게 정보를 남한테 팔거나, 상품을 빼돌려서 나랑 이 가게를 배신한다면 고아원의 신용도가 땅에 떨어져서 후배들이…….."

""아, 그건 괜찮습니다!""

두 아이가 갑자기 평정심을 되찾았다.

"어?"

그 부분은 진즉에 각오를 해뒀다.

아마도 아이들은 당연하면서도 상식의 범주에 속하는 화제가 나와서 되레 안도한 듯했다…….

**

"쿄코 쪽은 순조로운 것 같네."

"응. 배신할 확률이 낮은 점원을 확보했고, 가게 근대화 공사(함내 설비 이설)도 끝났어. 이제는 매장에 상품을 진열하기만 하면 된대…….."

방금 전에 통신기를 통해 쿄짱과 연락을 주고받았다.

"『리틀 실버(우리 집)』에서 생산한 것과 쿄짱의 모함이 만들어낸 것, 그리고 레이코가 사냥해온 것, 먼 나라에서 들여온 물건을 상품으로 취급할 거래. 뭐, 원가율이 이상하리만치 낮아서 경쟁업체한테 뒤처질 걱정은 없겠네. 걱정거리가 있다면……."

"응, 매입 경로나 혹은 쿄코를 노리고서 어떤 바보가 해코지를 할지도 모른다 이 말이지? 그 경우에는 우리가 지켜줘야만 할지도……."

내가 걱정하자 레이코도 동의했다.

""쿄코를 건드린 범인의 안전을…….""

뭐, 지금은 생각해봤자 아무 소용없었다.

쿄짱에게는 무슨 일이 생긴다면 절대로 우리에게 연락을 하라고 몇 번이나 신신당부했다.

……절대로 혼자서 처리하지 말라고…….

"우리 쪽은 일을 너무 연달아서 벌이면 좀 그러니까 시간을 조금 두고서 숙성시키도록 할까……."

밑밥을 어느 정도 깔아뒀으니 이제는 각 소문들이 퍼지고 얽히고 꼬리가 붙어서 숙성되기를 기다리는 게 좋겠지. 너무 성급하게 일을 벌이는 것도 좋지 않다.

더욱이 『출장』은 『리틀 실버(우리 집)』에 외압이 가해졌을 때, 외부에서 옹호하기 위한 방어 장치다. 그쪽에만 혈안이 돼서 정작 이곳에서 소홀히 활동한다면 본말전도다.

일을 순조롭게 시작했으니 이제는 안달하지 말고 천천히 진행하면 된다.

아무리 그래도 이질적인 소녀들이 세 군데에서 동시에 활약한 다면 역시나 너무 눈에 띄겠지.

그렇게 된다면 사람들은 명백히 공통점이 있다고 의심하게 될 것이다.

그러므로 이제는 느긋하면서도 착실하게 가끔씩 활동하면 된다.

……다만 활동할 때는 조금 눈에 띄도록 말이야. 조금만 말이지.

"일단 고아를 되찾는 건으로 인맥을 쌓은 영주님과 뒤에서 거래를 튼 중규모 상회주, 그리고 대형 상회의 지점장들과 친목회를 가지는 편이 좋을 것 같은데……. 당초 목적인『쉽사리 먹잇감이 되지 않는 자기방어 능력을……나와 레이코의 개인적인 전투력을 말하는 게 아니라 사회적 신분……손에 넣는 것』을 달성해서『리틀 실버(우리 집)』가 일을 벌이더라도 안전한 상태가 된다면 조금 특이한 상품도 출시할 수 있을 테니까……."

아, 대형 상회는 왕도에 본부가 있고, 이 도시에 지부를 둔 딱한 군데만 초대하기로 했다.

여긴 지방 도시에 불과해서 이런 도시에는 대형 상회의 지부가 대개 하나밖에 없다고 한다. 대형 상회들이 지점을 많이 내봤자 손님을 두고서 쟁탈전만 벌일 뿐이라서 서로 어느 도시에 지점을 낼지 사전에 합의한단다. 그래서 대형 상회의 지점 하나, 중규모 상회 여러 군데, 그리고 점포가 하나뿐인 소규모~영세 상점이 초대 대상이다.

『리틀 실버(우리 집)』가 표면상 거래하는 곳, 다시 말해 아이들이 소소하게 만든 상품을 납품하는 곳은 개인이 영업하는 작은 상점이나 술집, 음식점이지만, 친목회에 초대하지 않는다. 이번 모임은 향신료 등을 판매하는 『뒷벌이』와 관련이 있기 때문이다. 그리고 아무리 『리틀 실버(우리 집)』가 세금을 면제받았다고는 해도 명백히 자선사업의 영역을 넘어서는 장사를 벌이려면 역시나 영주님에게 허가를 받아야만 하겠지. 종전처럼 『세 군데의 중규모 상점과 남몰래 거래』하는 것이라면 모를까, 판로가 더 넓어진다면 숨기는 건 불가능하고 훗날 발각되면 문제가 될 수 있다.

그리고, 영주님은 그렇게 나쁜 사람은 아닌 것 같으니까.

……어디까지나 귀족으로서 말이지.

나, 레이코, 쿄짱, 그리고 다섯 아이들.

지금 이대로 영업하더라도 우리는 어떻게든 생활할 수 있다. 옛날에 벌어뒀던 돈을 빼서 쓰지 않더라도 『리틀 실버(우리 집)』가 표면상 벌이는 장사만으로 어떻게든 먹고 살 수는 있다. 사치는 거의 부릴 수 없겠지만.

그래도 레이코가 헌터로서 벌어들인 수입과 쿄짱이 상점에서 벌어들인 수입을 더한다면 내(에디스)가 자선활동을 하면서 쓴 경비를 제외하더라도 사치를 꽤 부릴 수는 있겠지. 뒤쪽 장사를 통해 벌어들이는 수입을 빼더라도.

그렇다면 값비싼 쇼핑이나 사치스러운 놀이는 다른 도시에서 즐기고, 이곳에서는 평범하게 살면 되지 않겠냐고?

그러면 이상한 것들이 들러붙을 일도 없을 테니 평온한 삶을 보낼 수 있겠지.

이곳에서 다함께 유유자적하게 생활한다…….

그러나 그래서는 재미가 없다.

모처럼 세레스가 포션 제작 능력과 새로운 인생을 줬으니까.

그리고 이 세계에 사는 사람들에게 조금이나마 도움이 되고 싶었다.

……주로 고아들을 위해.

더욱이 어딘가에 틀어박혀서 조용히 사는 것은 늙은 뒤에 해도 충분했다.

레이코와 쿄짱은 전생의 말년 때 불편한 몸으로 오랫동안 살았다고 했다. 아마도 그런 삶은 지긋지긋하겠지…….

그래서 꽤 안전하지만 하고 싶은 것도 못하고, 인생을 지루하고 심심하게 보내는 것보다 다소 위험하더라도 재밌고 하고 싶은 걸 할 수 있는 인생이 더 낫다.

인생은 단 한 번뿐…… 그건 아닌가? 우리에게는.

그래도 뭐, 그런 느낌이다.

실패하더라도 살아만 있다면 도망쳐서 먼 나라에서 다시 시작할 수 있다. 여차하면 쿄짱의 배를 타고서 다른 대륙으로 넘어가는 수도 있다.

그러니 실패를 두려워 말고 여러 가지를 자유롭게 해보자.

"그럼 쿄짱이 없는 사이에 친목회를 해치워버릴까?"

"라저!"

응, 쿄짱이 있으면 위험하기 때문에 그런 건 아냐.

쿄짱은 가끔 돌아오니까 기껏 왔을 땐 잡일로 시간을 허비하지 말고, 다 같이 지내고 싶거든.

……아마도, 맞아.

분명, 맞아…….

제69장 친목회

"오늘 와주셔서 감사합니다……."

"음."

내가 인사하자 영주님이 고개를 끄덕였다.

이곳 『리틀 실버』의 식당 테이블에 여덟 명의 남녀가 앉아 있었다.

응, 전 고아원이라서 응접실 같은 건 없다. 그래서 커다란 테이블이 있고, 의자가 많고, 너무 어수선하지 않고 말끔한 곳이라는 조건에 해당하는 다른 선택지가 없었다.

이곳에 있는 건 나, 레이코, 우리와 뒤에서 거래하는 세 군데의 중규모 상점의 주인들, 이번에 처음으로 얼굴을 마주하는 왕도에 본점이 있는 대형 상회의 지점장, 그리고 영주님과 그 가령(家令)(랜드 스튜어드)까지 총 여덟 명.

가령이란 최상위 사용인으로 영지를 실질적으로 관리하는 사람. ……다시 말해 영주님의 오른팔이다.

일본에서는 집사가 그 역할을 맡는다고 생각하기 십상인데, 집사는 가령의 다음가는 지위다.

뭐, 번역할 때 랜드 스튜어드를 「집사」라고 해석하는 경우도 있으니 각 지역마다 사정이 다양하겠지만 말이야.

그리고 영주님과 가령의 뒤에 서있는 세 호위병은 인원에 포함

217

되지 않는다.

그리고 이 방의 문 바깥과 현관 앞에 세워진 마차에도 병사가 각 한 명씩 서있었다.

뭐, 어린 아가씨 둘과 신원이 확실한 지역 상인 네 명, 그리고 고아 다섯 명이 있는 곳이니 호위는 그 정도면 충분하다고 판단했겠지.

사실 올바른 판단이기도 하고.

……나와 레이코가 마음만 먹지 않는다면 말이지.

상인들은 모르겠지만, 영주님을 이곳으로 초대했다가 불경하다는 소리를 들을까봐 걱정했다. 그러나 우리가 주최하는 친목회이고, 다른 사람들도 초대하는데 영주님의 저택에서 벌일 수는 없는 노릇이겠지.

그래서 조심스럽게 초대장을 보냈더니 예상했던 대로 참석하겠다는 답장을 받았다.

뭐, 아마도 그러지 않을까 짐작하긴 했지만.

비교적 괜찮은 사람인 것 같고, 평민에게도 친절하고…… 건어물과 육포, 절임 등을 만드는 곳을 보여주겠다고 적었거든, 초대장에.

지난번에 우리가 생산한 가공식품에 환장을 했으니까. 비유적으로도, 물리적으로…….

그리고 영주님이 참석하겠다고 답장해서 상인들에게도 초대장을 보냈다.

……뭐, 오는 게 당연하겠지.

대량의 향신료를 납품하는 우리가 초대한 자리다. 우리의 내부를 볼 수 있는 기회이고, 애당초 영주님도 참석하는 소규모 친목회에 초대를 받았는데 불참석할 상인은 없겠지.

그래서 당연히 이번에 처음으로 접촉한 대형 상회의 지점장도 기꺼이 참석하겠다고 표명했다.

아무리 대형 상회라고 해도 지점장에 불과한 사람이 영주님과 오랫동안 환담을 나눌 수 있는 기회는 좀처럼 없다. 아마도 이번에 초대해준 우리에게 고마움을 느꼈겠지. 이것도 장차 도움이 될 것이다.

"그럼 이번에 여러분들을 초대한 이유인, 주제 설명회와 환담 등은 식사를 하시면서 천천히 진행하기로 하고, 우선은 식사부터 준비하도록 하겠습니다."

자기소개 등은 생략.

이 멤버 중에 서로 모르는 사람이 있을 리가 없다.

그리고 이야기를 꺼내기 전에 식사와 음료를 제공하지 않는다면 설명에 설득력이 실리지 않는다.

……그래, 이 자리에 제공되는 음식물은 곧 상품 견본이고, 이 모임은 바로 시식회라는 말씀.

딸랑딸랑!

내가 핸드 벨을 울리자 아이들이 잔과 접시, 커틀러리 등을 갖고 왔다.

가장 어린 아랄은 만약에 넘어지거나 물건을 떨어뜨리더라도 피해가 적은, 커틀러리를 담은 자그마한 바구니를 맡았다. 물론 예비도 준비해뒀지.

아니, 처음에는 아랄을 빼려고 했는데 심하게 떼를 썼다.

뭐, 그 마음은 안다. 자기만 따돌리고서 쓸모없는 사람으로 취급한다면 어린애의 입장에서는 가혹하겠지.

그래서 하는 수 없이 아랄에게도 역할을 할당했다.

식기류를 다 깔아놓은 뒤에 요리가 나왔다.

처음부터 요리를 테이블에 놔두지 않은 이유는 물론 차례대로 선보이면서 각 음식을 강조하여 인상을 남기기 위해서였다. 프레젠테이션을 궁리하는 것은 장사의 기본이니까.

그리고 코스 요리처럼 전체 구성을 고려하여 순서를 정하지는 않았다.

중시한 건 판매하기 위한 임팩트.

이 일대에서는 호화로운 코스 요리가……먼저 나온 요리를 먹은 뒤 다음 요리가 나오는 스타일……정착되지 않았다. 귀족이나 부자는 처음부터 테이블에 호화로운 요리를 산더미처럼 쫙 깔아두고서 먹는다.

……물론 식후 홍차나, 겨울철에 얼음을 깨서 시럽을 끼얹어 먹는 디저트는 마지막에 나오긴 하지만…….

그래서 이번에는 파상 공격.

그래도 뭐, 처음에는 스프부터다.

스프를 중간에 내놓는 건 성가시니까.

접시와 잔, 음료와 커틀러리를 놓은 뒤 가장 먼저 나온 요리는 콩소메 스프.

이 일대에는 일본처럼『밑국물』이라는 습관이 없지…….

아니, 물론 왕궁 요리나 왕도의 초일류 식당에서는 밑국물을 우릴지도 모르겠지만 말이야.

……그래도 밑국물을 우려내는 과정은 귀찮긴 하잖아. 특히 서양풍이면…….

프랑스 요리에서 맛의 기준이 되는 밑국물인 부이용이나 퐁, 콩소메 등은 다량의 고기와 야채를 오랫동안 조리고 가공해야 할 필요가 있어서 비용과 품이 많이 든다. 가정이나 싸구려 식당에서는 감히 시도할 수가 없겠지.

일본처럼 가츠오부시나 니보시, 다시마 등으로 밑국물을 우려내는 게 가장 빠르긴 한데…….

아, 물론 일본도 밑국물을 우려내는 과정 자체는 빠르지만, 그 과정에 쓰이는 가츠오부시를 제작하는 데 방대한 시간과 품이 들긴 하지.

어쨌든 이 일대의 스프는『그 자리에서 여러 재료를 넣어서 바로 끓여낸 것』을 뜻한다. 미네스트로네나 돈지루 같은 녀석 말이다.

그러므로 이 콩소메 스프는…….

수저로 떠서 한 입 들이킨 순간, 손님들이 황홀해하며 눈을 감았다. 저마다 오호, 하고 탄식한 것 같은 환청마저 들렸다.

음음. 이 스프는 현지에서 생산된 소고기를 써서 치트나 속임수 없이 내가 직접 만든 것이다.

어떠냐!!

⋯⋯다만 이 스프는 조리법이 특별할 뿐 우리가 파는 상품과는 딱히 관계가 없지.

다시 말해 이번에 판매하고 싶은 상품과는 관계가 없었다.

됐~어, 자기만족용으로 내놓은 음식이니까! 식사에 스프는 꼭 나와야 하잖아!

그래서 다음부터가 진짜.

모두가 스프를 다 먹은 것을 확인하고서 나는 신호를 보냈다. 그러자 다음 요리가 나왔다.

지금부터는 사람들이 음식을 다 먹기까지 기다리지 않고, 조금 먹자마자 바로 다음 요리가 나온다.

나온 음식을 전부 먹는 『식사회』가 아니라 여러 요리를 조금씩 맛보기 위한 『시식회』이므로 당연했다.

그리고 요리들이 잇달아 나와서 테이블을 채워나갔다.

테이블 중앙에는 술병도 늘어서 있었다. 와인, 브랜디, 위스키, 맥주, 일본 사케, 럼주, 기타 등등⋯⋯.

요리는 물론 『리틀 실버(우리 집)』에서 만든 건어물이나 육포를 비롯하여 향신료를 듬뿍 쓴 요리, 튀김 등등. 일식, 양식, 중식,

이태리식, 불란서식 등을 수북하게.

……물론 장어 젤리 같은 영국 요리는 포함하지 않았다.

요리에는 주로 우리가 파는 것들, 그리고 앞으로 팔 예정인 향신료와 조미료, 식재료를 듬뿍 사용했다. 시식회를 겸하여 사람들의 위장을 꽉 움켜쥐려는 공작이었다.

나와 레이코는 영주님이 새 요리를 먹을 때마다 그 요리가 무엇인지 설명했다.

나는 전생 때 비싼 요리를 별로 먹어본 적이 없어서 주로 저렴한 요리를 맡았다. 비싼 요리는 레이코에게 맡겼다.

……젠장!

**

"……뭐, 이런 상품들을 앞으로 팔고 싶습니다. 현재는 그쪽 세 상점에 납품하여 이 도시에서만 소매로 팔고 있습니다만, 앞으로는 다른 도시까지 판로를 넓히고 싶어서…….

물론 『다른 도시』 안에는 왕도나 타국의 도시도 ……이 나라의 왕도보다 가까운, 인접국과의 국경에 가까운 도시…… 포함되어 있다.

세 중규모 상점주들은 물론 지금 제공한 요리에 쓰인 향신료를 예전부터 어느 정도 알고 있었다. 그러나 이번에는 새로운 향신료를 추가했고, 버섯 등 새로운 식재료도 선보였다.

그리고 대형 상회의 지점장은 세 상점에 향신료를 납품하는 곳이 『리틀 실버(우리 집)』인 줄 몰랐는지 눈이 휘둥그레졌다.

잠깐 그건 상인으로서 『안테나 범위』가 너무 좁지 않느냐고 핀잔을 줄 수밖에 없는데 말이야. 한발 먼저 이 정보를 포착하여 우리에게 여러모로 해코지를 하려고 했던 상점도 있었건만…….

지점이라고는 해도 대형 상회라서 약간 방심했나?

"그리고 또한 이런 상품도……."

뒤이어 향신료와 식재료 말고도 전개할 예정인 상품들을 소개했다.

액세서리 같은 거 말이지.

다만 액세서리는 디자인을 중시했다. 값비싼 보석은 부착하지 않았다.

쓰더라도 아주 작은 알만 썼다.

커다란 보석을 팍팍 내놓았다가는 어떻게 될지 잘 아니까. 제아무리 영주님이 뒷배를 봐주고 있더라도 상위 귀족이나 대형 범죄조직이 눈독을 들인다면 배겨낼 수가 없다.

식사 중에는 식재료, 향신료, 조미료 등을 설명했다. 그리고 시식이 거의 끝나고, 술을 시음하면서 안주를 먹는 단계에 접어들자 다른 상품도 설명했다.

모두 부피가 작아서 대량으로 운송하는 장면을 사람들에게 굳이 보여주지 않아도 의심하지 않을 상품뿐.

고가 상품이라서 도적을 피해 은밀히 들여온다고 설명하면 넘어갈 수 있도록.

그리고 다들 음식을 잘 먹었다.

"저흰 인력이 부족하고, 도심에서 조금 떨어져 있고, 판매할 방법과 노하우도 없으니 지금처럼 도매 전문으로 운영하고 싶습니다. 그리고 너무 비싼 상품을 취급한다면 이상한 사람들한테 찍힐지도 모르고요. 특히 상품이 왕도에까지 흘러든다면……. 저흰 여성과 아이밖에 없으니까요."

내가 설명하자 다들 납득했는지 고개를 끄덕였다.

이 세계에서 약자는 잡아먹힌다. 법률이나 규칙 따윈 폭력과 권력에 쉽게 짓밟힌다.

이곳에 있는 여덟 사람은 그 사실을 잘 알았다.

"……그래서 우리더러 상품을 대신 팔아줄 대행업자……라고 해야 하나, 뒷배라고 해야 하나, 『방패막이』가 돼달라는 말인가?"

"예."

영주님이 확인차 묻자 나는 고개를 끄덕였다.

우리가 벌이는 일은 남들의 주목을 끌기가 쉬웠다.

돈이 될 만한 것들을 취급하므로 권력자나 상인, 범죄자들이 꼬이기도 쉽다.

……그리고 얼핏 보면 약하게 생겼다.

이런 우리를 지키려면 권력자에게는 더 높은 권력자, 상인에게는 더 큰 상인을 방어벽으로 내세우면 된다.

범죄자?

그건『더 사악한 범죄자』를 데려올 수도 없는 노릇이니『더 강력한 폭력』을 쓰는 수밖에 없다.

그리고 그것은 자력으로 준비할 수 있다.

……아니, 이미 있으니 문제없지.

다만 권력자나 상인과 달리『사전에 과시하여 얻을 수 있는 억지 효과』는 기대할 수 없겠지만.

그래도 뭐, 여러 번 겪다 보면 다들 학습하겠지.

타인의 실패를 보고도 배우지 못하는 범죄자는 오래 갈 수가 없잖아, 응.

"……알겠다. 이곳을 사재로 사들여서 고아들을 돌보고 있다는 사실, 위험을 무릅쓰고서 팔려나갔던 아이들을 되찾아온 사실, 그리고 여러 획기적인 상품을 만들어낸 사실을 보아 내가 너희들을 믿고서 편의를 봐줄 만한 가치가 있다고 판단했다. 게다가 내게도 이득이 있고 말이야. 그 제안을 받아들이지."

계획대로…….

그리고…….

"나도 받아들이고 싶습니다!"

"나도!"

"나도 꼭 협력을!"

"물론 나도!"

상인들도 모두 호의적이었다.

……아니, 영주님이 전면적으로 협력하겠다고 표명했는데, 발을 뺄 상인이 있을 리가 없었다.

더욱이 앞으로 취급할 상품이 잘 팔릴 것은 거의 확실.

중규모 상인에게는 왕도로 진출하여 대상인이 될 수 있는 기회.

그리고 대형 상회는 다른 상회와의 차이를 한 발 벌려서 리드할 수 있는 기회. 이 기회를 물어온 지점장이 출세하지 않을 리가 없겠지. 총지배인이 되거나, 아예 독립할 수 있을지도…….

좋아, 계획대로…….

**

"그럼 왕도 판매는 지점장님의 상회에서 맡고요. 이 도시를 비롯하여 영내와 주변의 다른 영지 및 이곳에서 가까운 인접국 도시는 세 상점주님이 맡아주세요. 대량으로 납품할 수는 없으니 먼 영지나 먼 나라에는 판매하지 않기로 방침을 정했는데, 의견들이 있으신가요? ……이의가 없으신 것 같으니 이렇게 결정하기로……."

음, 이의는 없는 듯했다. 뭐, 여태껏 실컷 의논해왔으니 당연한가.

세 상점이 힘을 키워서 왕도 진출을 고려하기 시작한다면 그때 가서 다시 논의하면 된다. 지금은 그리 먼 미래를 고려할 필요는 없겠지.

"그럼 저희 상품은 전부 형식상 영주님께서 사들이신 뒤 각 상점에 판매하는 것으로. 이렇게 조치해두면 방어력이 낮은 『리틀 실버』를 노리려는 영지 내외의 상인과, 왕도 상인, 귀족들을 막아낼 수 있고, 영주님한테 이익이 돌아가면서 상품이 이 영지의 생산품임을 강조할 수 있습니다."

우리는 세금이 면제됐지만, 다른 상점에서는 세금을 거둘 수 있다.

더불어서 영주님에게도 이득이 조금은 돌아가야 하고, 우리의 안전을 위해서라도 이것이 가장 좋은 방법이라고 생각했지.

만에 하나 우리에게 부여했던 세금 면제 조치를 취소했다가는 큰일이니까…….

영주님과 상인들도 돈 문제를 떠나서 아이들만 있다고 오해받기가 쉬운 우리의 안전을 고려하여 이것이 가장 좋은 방법이라고 납득해준 듯했다.

이 도시의 술집이나 음식점에 직접 판매하는 건어물과 육포, 수공예품 등 『표면적인 상품』을 제외한 나머지는 전부 영주님에게 납품한다.

……응, 다른 사람이 끼어들 만한 틈이 없고, 상품의 출처가 우리라는 사실도 알기 어려워지겠지.

그리고 우리는 편해진다.

Win-Win 관계다.

"그런데 이 멤버에 끼지 않은 다른 상인들은 어떻게 배려할 건가? 어느 선까지 끼워줄 셈이지?"

"……예? 그런 생각은 하지 않았는데요? 전 정당하게 장사하고, 계약은 절대로 엄수하고, 불법 행위는 벌이지 않고, 성실한 상점을 선택했어요. 어째서 제가 택하지 않은 가게를 고려할 필요가요?"

"어…….."

영주님은 멍한 표정을 지었고, 상인들은 겸연쩍어하면서도 자랑스러운 표정을 지었다.

영주님은 일부 상인만을 특별대우하고 우대한다면 입장상 난처할 것 같아서 다른 상인들에게도 이익을 분배할 생각일지도 모르겠지만, 그건 우리와는 관계가 없다.

신용할 수 없는 사람을 동료로 끼워주는 것만큼 위험하고 골치 아픈 일은 없으니까.

가장 두려운 존재는 뛰어난 적이 아니라 어리석은 아군이다.

하물며 돈을 위해서라면 태연히 배신할 수 있는 작자라면…….

그래서…….

"저흰 어리석은 사람이나 신용할 수 없는 사람…… 배신하거나 정보를 누설할 가능성이 있는 사람은 동료라고 여기지 않으며, 거래도 하지 않습니다. 만약에 그런 사람들까지 동료로 끼워주라고 말씀하신다면 이 거래는 다른 영지에서 하겠습니다. 어느 인근 영지에 작은 창고가 딸린 사무소라도 빌려서……. 그리고 여기서는 건어물과 육포, 민예품 등 표면적인 상품만 취급하겠지만……."

내 말을 듣고서 상인들의 낯빛이 바뀌었다.

뭐, 당연한가. 그렇게 된다면 눈앞에 어른거렸던 돈벌이 기회와 영달에 이르는 길이 막히고 말 테니까.

"아, 아니, 그런 의미가 아냐! 단지 물어봤을 뿐이다. 무슨 생각을 하는지 궁금해서……. 딱히 아무 생각도 없다면 그걸로 됐다. 음!"

영주님이 선선히 물러나 줬다.

뭐, 그렇게까지 큰 문제는 없겠지.

사들인 물건을 어떻게 처분할지는 영주의 자유다, 하고 주장한다면 조금 곤란하긴 하지만.

……곧바로 다른 영지의 건물을 찾아서 이사를 해야 하니 조금 귀찮을 것 같다는 의미에서…….

뭐, 아이템 박스가 있으니 이사 작업 자체는 대수롭지 않긴 하지만.

그리고 그 경우에는 물론 아이들도 데려간다.

그래도 그럴 필요가 없는 것 같아서 안심했다.

"그럼 대강의 계획은 그렇게 아시고요……. 상세한 내용은 추후에 다시……."

그리하여 『리틀 실버』는 사업을 확대했다.

주로 스스로를 지키는 검과 방패를 손에 넣기 위해서…….

✳✳

""계획대로…….""

손님들이 돌아간 뒤 나와 레이코는 식당에서 히죽 웃었다.

친목회를 하는 동안에 레이코는 요리 설명을 빼고는 거의 발언하지 않고 철저히 듣기만 했다. 그러나 그것은 어쩔 수 없었다. 둘이 함께 말한다면 진행이 느려지고, 흐름이 어긋날 확률이 높아질 테니까.

그래서 주로 내가 말을 하긴 했지만, 물론 사전에 어떤 내용을 말할지 둘이서 빈틈없이 의논해서 정했다.

"이로서 배후의 사업을 전개할 계획도 일단락됐나……."

그래, 우리는 사업을 쭉쭉 확대하여 어둠의 경제대국을 세우거나, 세계를 지배할 생각은 없다. 그저 돈을 어느 정도 자유롭게 쓰더라도 의심을 받지 않을 만큼 버는 것처럼 위장하고, 날벌레들이 꼬였을 때 쫓아낼 수 있을 만한 뒷배를 원할 뿐이었다.

이곳 영주님과 네 명의 상인, 신인 헌터(캔)와 신인 상인(사라에트)과 신인 성녀(에디스)가 있으니 이제 충분하다.

우리가 이 영지에만 진귀한 물건, 값비싼 물건을 판다면 반드시 다른 영지나 왕도에 있는 사람들에게 그 소문이 닿겠지.

그리고 그런 상품이 있는데 어째서 왕도에 진출하지 않는지 의아해하면서 상품 출처에 흥미를 가질 것이고…… 돈벌이를 노리고서 여러모로 조사하거나, 접촉해 올 게 틀림없다.

그렇다고 해서 섣불리 왕도와 직접 거래를 했다가는 왕족, 귀족, 신전, 기타 등등이 눈독을 들이겠지. 그런 상황에서 판매처가 아이(처럼 보이는 사람)만으로 구성된 소규모 전 고아원임이 들통난다면 어떻게 될지는 불 보듯 뻔했다.

응, 영주님과 상인들은 적합한 방파제라는 뜻이었다.

"그럼 차근차근 시작해?"

"응, 차근차근 시작할까……."

그래, 다음 단계로 넘어갈 차례였다.

**

"순간 철렁했지만, 대체로 양호한 방향으로 논의가 매듭지어진 것 같군……."

"그렇군요. ……하지만 그 카오루라는 소녀, 생긴 대로 강단이 대단합니다……."

저택으로 돌아온 영주는 가령과 아까 가졌던 친목회에 관해 대화를 나눴다.

"생긴 대로? 아니, 아직 어린 소녀인데? 어딜 봐서 그렇다는 건가?"

"아뇨, 어린 소녀이면서도 그 안력(眼力)하며, 몇 명쯤 죽여본 적이 있는 것 같은 그 위압감까지. 그리고 호위병과 어른들이 에워싼 자리임에도 영주님 앞에서 태연히 행동했지요. 우와, 담력한 번 대단하더군요."

"흠, 그런가……."

그 부분은 경험이 풍부한 가령을 당해낼 수 없기에 영주는 순순히 수긍했다.

"……하지만 그토록 조사했건만 특별한 정보는 없군……."

그래, 물론 영주는 자신의 영지에 느닷없이 출현한 신원불명의 수상한 자들을 방치하지 않았다.

아무리 어린 소녀들일지라도, 상당히 유복해 보일지라도, 그리고 여러 고아들을 위해 다른 나라에 가서 싸움을 걸 만한 정의감이 왕성한 호인(바보)일지라도…….

만약에 상위 귀족의 딸이라면.

만약에 타국 귀족의 딸이라면.

만약에 다른 영지나 타국에서 보낸 첩자라면.

"……아니, 그토록 눈에 띄는 첩자가 있을까……. 게다가 첩자가 고아를 위해서 제 몸까지 날려서 뭘 어쩌자는 건가……."

"그렇사옵니다만……."

영주는 생각하던 뒷부분만 입 밖에 꺼냈다. 그러나 가령은 주인의 사고의 흐름을 헤아렸는지 맞장구를 쳤다.

……아니, 아마도 본인도 동일한 생각을 했겠지.

"지식과 행동력, 재력으로 보아 보통 평민일 리는 없어. 손에도 상처 하나 없고, 가냘프고 매끈매끈해…… 보이더군. 직접 만져보고서 확인한 것은 아니지만……. 어쨌든 그런 평민은 없다. 혹

여나 있다고 해도 나라에서 첫째나 둘째가는 대상회의 딸 정도겠지. 그리고 그런 대상인의 딸한테 자유행동도, 위험한 행위도, 돈을 쓸데없이 탕진하는 것도 허용될 리가 없다. 대상인의 딸은 그런 신세지. ……그리고 물론 귀족이나 왕족의 딸도 마찬가지. 당연히 그 아가씨들이 누군지, 어디서 왔는지 조사를 시켜봤다. 그리고 이 도시에 오기까지 통과했던 몇몇 도시는 확인했지만, 결국 어디 출신인지도, 누군지도 밝혀내지 못했지. 즉…….”

“정체불명이라는 말씀이군요?”

“음…….”

“그럼 어찌하실 요량이신지요?”

“……아무것도 안 한다. 아니, 보호해주고, 돈을 벌게 해주고, 되도록 신세를 지게 하여 기회를 엿봐서 친가 사람들과 접촉하여 직접 거래하고 싶다. 아이가 사회 공부를 할 수 있도록 이런 상품까지 융통해준 부모 아닌가? 그들과 진심으로 거래할 수 있다면…….”

그러나 아직 이르다.

신뢰 관계를 맺기 전에 쓸데없는 짓을 벌였다가는 황금으로 된 작은 새가 도망쳐버리겠지.

급하면 일을 그르치는 법.

영주는 그렇게 생각하고서 일을 서서히 진행시키기로 결심했다.

그녀들은 사회 공부의 현장으로 이 영지를 택해줬다. 이 행운을 결코 허투루 낭비할 수는 없었다.

천천히, 천천히…….

다만, 소녀들의 안전만큼은 만전의 태세로 지켜주면서…….

                              **

그로부터 3개월 뒤.

"순조롭네."

"순로로워."

"응, 순조롭네!"

오늘은 쿄짱도 합류하여 세 사람이 모두 집합했다.

아이들은 모두 이미 잠들었다. 오랜만에 쿄짱을 포함하여 모든 멤버가 모인지라 저녁을 거나하게 먹었거든. 다들 배가 부른 상태에서 실컷 까불어댔더니 건전지가 다 떨어졌다.

그리고 우리는 지하 사령부에서 비밀회의를 가졌다.

"지점장이 향신료와 술, 고급 식재료, 액세서리를 본점으로 보내주고 있어서 왕도 매상이 순조롭게 늘고 있어. 주변 영지에서는 그것들과 함께 공업 제품도 잘 팔리고 있고. 이제 이 영지 안에서는 돈을 꽤 쓰더라도 자금 출처를 의심받을 염려는 없어."

내가 보고하자 레이코와 쿄짱이 고개를 끄덕였다.

왕도에 공업 제품을 보내지 않은 이유는 무겁고 부피가 커서 운송하는 데 비용도 들뿐더러 무엇보다 「기술력의 차이」 때문이었다.

아니, 일부러 어설프게 만들 수는 있었다. 그러나 광산도 없고 제련술도 유명하지 않는 지방 도시에서 품질이 뛰어난 금속 제품이 많이 출현하는 것은 부자연스러웠다. 그리고 순도가 높은 금속이나 합금을 세상에 꺼낼 수도 없었다. 품질이 너무 좋으면 제품을 녹여서 무기로 만들자는 이야기가 나올지도 모르니까…….

어쨌든 위험한 물건은 왕도에 보내지 않았다.

주변 영지는 뭐, 약간 정도는 괜찮지 않을까?

낫과 호미, 괭이 정도라면…….

검이라면 모를까, 농기구에 쓰인 철의 순도를 신경 쓰는 사람은 없겠지.

굳이 『우리 출신지에서 다양한 상품들을 보내준다』라면서 장사를 벌이지 말고, 『출신지에서 금화를 보내준다』라고 둘러대는 편이 더 간단하지 않느냐는 의견은 각하.

내가 『제1시즌(아이템 박스 전)』 때 벌었던 돈은 혼자서 절약하면서 생활하기에는 액수가 꽤 크다. 그러나 여럿이 사치를 부리거나, 사업을 벌일 작정이라면 대단한 액수가 아니다.

더욱이 나라의 화폐가 아니고.

내가 아이템 박스 안에 보관해둔 금화의 대부분은 환전하지 않은 『옛 주화』다.

……다시 말해 의심을 받지 않고 쓸 수 있는 현금이 적다는 뜻이었다.

포션 용기로서 이 나라의 금화를 만들자고?

아니, 그건 안 돼.

화폐를 만드는 것은 향신료나 액세서리를 만드는 것과는 다르다.

화폐는『단순한 물질』로서 사용되는 게 아니라『나라의 신용도』로서 사용되는 물건이다. 그것을 만드는 것은『위조』다. 향신료 같은 물건은 만들더라도 딱히 위조는 아니다. 그저 통상과는 다른 방법으로 만들었을 뿐이다.

그러므로 가짜 돈을 만드는 데 손을 댈 생각은 없었다.

이 부분은 셋이서 이미 합의를 마쳤다.

"그럼 계획의 순조로운 진행과 우리가 열흘 만에 모두 모인 것을 축하하며……."

""""건~배!!""""

응, 우리는 몰랐다.

……설마 예기치 않은 곳에서 적이 나타날 줄은…….

제70장 예상치 못한 적

"카오루 씨, 미안합니다!"

"어, 뭐? 왜 그래요?"

어느 날 지점장이 『리틀 실버』를 찾았다.

······그리고 낯빛이 좋지 않았다.

나쁜 소식인가······.

"일단 안으로······."

그리고 아이들에게 홍차와 다과를 준비해달라고 부탁했다.

응, 미래에 메이드나 웨이트리스도 될 수 있도록 여러 기술과 접객술도 가르치고 있다.

그밖에도 요리와 빨래, 재봉 등 여러 가지를.

아이들의 장래를 위해서였다.

······가장 큰 목적은 우리가 편해지기는 것이긴 하지만.

아니, 품삯을 주고서 정식으로 고용했으니 문제는 없다. 학대하거나, 무임금으로 부려먹는 것도 아니었다.

현재 레이코와 쿄짱은 출장 중. 그러므로 이곳에 있는 어른은 나뿐이었다.

미네가 접객 담당으로서 차를 내온 뒤 방 밖에서 대기했다. 다른 아이들은 건어물을 만들고 있다.

그리고 미네가 끓여준 홍차를 한 모금 마신 뒤 지점장은 약간 진정한 듯했다.

아, 우리는 늘『지점장』이라고 부르지만, 정식 직책은『레리나스 상회 타보라스 지점, 지점장 무노 씨』다.

레리나스 상회는 왕도에 본점을 갖고 있는, 이 나라에서 네다섯 번째로 큰 상회라고 한다.

특히 상위 세 상회는『3대 상가』라 부르는데, 4위 이하의 상회와는 차원이 다르다나.

다시 말해 선두 집단을 쫓는 제2그룹의 일원인 셈이었다.

"……그래서 무슨 일이신가요?"

내가 묻자 무노 씨가 테이블에 머리를 찍을 기세로 고개를 숙였는데…….

"우리 상회주…… 드레인 님이『리틀 실버』에서 납품해주고 있는 상품의 독점판매를 꾀하고서 무슨 짓을 벌이고 있는 것 같습니다…….."

"에에에에엥! 아니, 현재 왕도 판매는 무노 씨의 상회…… 레리나스 상회 왕도 본점에서 전부 맡고 있잖아요? 이미 독점으로 판매하고 있잖아요!"

그래, 성가신 일을 피하고, 잡일을 줄이기 위해서 영주님이 이 도시의 지점을 통해서 레리나스 상회에 물건을 넘기고 있지.

그러니 아까 무노 씨가 우리가 상품을 납품했다고 했지만, 형식상이라고 해야 하나, 정확히 말하자면 상품을 납품하는 주체는『이곳 영주님』이다. 우리 상호는 표면에 내세우지 않았다.

"그, 그것이 상회주가 그것만으로는 성에 차질 않았는지 이 영지와 주변 영지, 인접국의 도시로 나가는 물량까지 전부 사들여서 왕도, 다시 말해 레리나스 상회 본점으로 보내려고 하는 것 같은데……."

"아~ 탐욕스러운 사람이구나……. 근데 그거 저희는 절대로 용납하지 않겠다고 친목회 때 말했죠? 그 부분은 무노 씨가 지점장으로서 방파제가 돼주기로 하셨는데……."

응, 그런 상황이 벌어지면 대처해달라고 분명히 부탁했을 터였다.

"예, 물론 제가 지점장으로서 힘을 갖고 있는 한 방파제가 되겠다고 약속을 했고, 전력을 다하여 지키려고 했습니다. 하지만……."

"하지만?"

"전 지점장에서 해임되어 일개 종업원으로 강등됐습니다……."

"뭐, 뭐라고요오오오~!!"

지점장 대리나 지배인도 아니고 조, 종업원! 설마 심부름꾼이나 견습생급…….

"무노 씨, 대체 무슨 사고를 친 건가요……. 아니, 그럴 리는 없겠네. 왕도에서 새로운 지점장이 부하들을 대동하고서 내려와 공적을 통째로 독점했다는 소린가……."

"아하하……."

무노 씨가 힘없이 웃었다.

응, 이건 웃을 수밖에 없겠네…….

"독점을 꾀할 작정이라면 무노 씨한테 지시하면 되잖아요? 뭐, 무노 씨가 그 명령을 따를지 말지는 별개의 문제지만, 일단은 그렇게 명령하는 게 보통이잖아요? 근데 지금껏 제게 아무 말도 하지 않다가 이제 와 갑자기 이런 이야기를 꺼냈다는 건……."

"예, 추측하신 대로 이게 첫 지시입니다. ……다시 말해 모든 공적을 다짜고짜 새 지점장한테 돌리려는 속셈이지요. 상품을 독점하는 것도 물론 큰 목적이겠지만, 그만큼 중요한 목적이 또 있었을 테죠. 새 지점장이 공적을 세우게 하는 것. 뭐, 이유는 쉽게 추측할 수 있습니다만……."

"……그 부분을 자세히!!"

응, 누군가가 자신을 농락한다면 상대의 목적을 철저히 박살 낸 뒤 추가로 크나큰 손실을 안겨주고, 무능함을 대대적으로 까발려주는 게 상인의 마음가짐이다.

장사꾼의 정원에 모인 상인들이 오늘도 인자한 복신처럼 천진하게 웃으며 상점의 문을 빠져나갔다.

더러움으로 가득한 몸과 마음을 진한 색깔의 옷이 감싸고 있었다.

품속의 돈 자루에 담긴 내용물이 새어나오지 않도록, 장부의 책장이 펄럭이지 않도록 천천히 걷는 것이 이곳의 철칙.

물론 적자를 내고서 줄행랑을 치는 한심한 상인 따윈 존재할 리가 없었다.

『리틀 실버』.

이곳은 지옥 1번지.

······으, 시끄러워!

**

"······그렇구나. 쉬운 얘기네!"

그래, 무노 씨의 이야기는 너무나도 알기 쉬웠다.

대형 상회의 후계자가 인접국의 대형 상회의 딸과 정략결혼을
했다.

서로에게 애정 따윈 없었다. 철저히 두 상회의 결속을 강화하
고, 배신의 가능성을 미리 제거하기 위한 결혼이었다.

그리고 당연히 등장하는 정부(情婦)······가 아니라 첩이라고 해
야 하나, 둘째 부인이라고 해야 하나······.

정부처럼 아무 권리도 없고, 단물이 빠지면 버림을 받는 신세
가 아니었다. 정처가 정식으로 인정을 해줬고, 생활비도 지급받
으며, 태어난 자식도 인지를 받았다. 그리고 그 아이에게는 가문
의 계승권도 있다. 그야말로 신분이 확실히 보증된 여성이었다.

그런 신분의 여성은 본가에서 정처와 그 자식들과 함께 생활하
면서 공동으로 육아를 하는 경우도 있다던데······.

그래서······.

장남 : 정처(인접국 대형 상회의 장녀)의 자식. 성격은 진지함. 올곧은 상인이 될 것 같다.

　차남 : 둘째 부인의 자식. 요령을 잘 파악하고 머리가 그럭저럭 돌아간다. ……약삭빠른 방향으로. 여벽이 나빠서 여성 종업원이나 남성 종업원의 아내와 딸에게도 손을 댔다. 악행도 서슴지 않는다.

　……그리고 당연히 벌어지는 후계자 다툼.
　보통은 정처의 자식인 장남이 뒤를 잇는 것이 당연하겠지.
　그러나 장남은 선대가 강요하여 마지못해 정략결혼을 맺은 정처의 자식.
　차남은 정처와 결혼하기도 전에 교제했던 진정 사랑하는 여성의 자식.
　그래, 상회주는 차남에게 후계를 잇게 하고 싶었다.
　그러나 정처와 그녀의 친가가 그것을 인정할 리가 없었다.
　그런데 종업원들 중 다수는 착해빠지고 진지한 장남은 대형 상회를 지탱하기에는 부적합하다고 생각했다. 그리고 상회주의 마음을 헤아려 차남을 옹립하는 데 긍정적인 사람들도 많았다.
　……그래, 레리나스 상회는 물론이고 대부분의 대형 상회는 예외 없이 배후에서 버젓하지 않거나, 합법과 불법을 아슬아슬하게 넘나드는…… 그런 수준이 아니라 대놓고 『선을 훌쩍 넘어서 맞

은편으로 넘어가 버리는 짓』도 자행한다.

만약에 『진지하고 착한 도련님』이 상회주가 된다면…….

응, 위기감을 느끼는 종업원이 있더라도 이상하지 않다.

그런 것과 관계가 없는 말단 종업원이라면 진지한 상회주를 환영할지도 모르겠지만, 상층부나 악행에 가담하여 한몫을 챙긴 사람, 뇌물이나 부정축재, 부정행위로 손을 더럽힌 사람은 서식지로 「깨끗한 물」이 아니라 혼탁한 진흙탕을 더 선호하겠지.

……그래서 지점장으로서 새로 온 인물은 물론 차남이었다.

보통 지방 도시의 지점장은 『출세하기 전에 경력을 쌓기 위한 발판』……간부로서 경험과 실적을 만들기 위해……이거나, 방해물이나 거북한 인물이 좌천되는 자리다.

그리고 이번에는 물론 전자였다.

차남에게 큰 공훈을 쌓게 하고서 그 후에 장남을 함정에 빠뜨려 커다란 실책을 범하게 한다. 그리고 차남을 어느 대형 상회의 딸과 약혼이라도 시킨다면 정처의 친가 쪽에서도 감히 불만을 토로하지 못하리라 판단했겠지.

……응, 뭐, 그렇게 된 거였구나….

아, 그리고 딸이 모두 세 명이 있다고 하는데, 그쪽은 후계 문제와는 관계가 없단다.

"그래서 진심으로 유감스럽지만, 약속을 지킬 수 없을 것 같아서……. 죄송합니다. 부디 용서를……."

무노 씨가 그렇게 말하고서 고개를 숙였다.

뭐, 무노 씨의 잘못은 딱히 아니다. 무노 씨는 거짓말을 하지도, 우리를 배신하지도 않았다. 그래서 나의 대답은 당연히…….

"아~니, 용서 못 해!"

이것밖에 없지.

"에에에에엥!"

그리고 무노 씨가 경악하며 눈을 희번덕거렸다.

아니, 무슨 짓을 저지르든 사과만 하면 다 넘어갈 리가 없잖아.

그 이치를 지금부터 진득하게 설명해줘야겠네.

"무노 씨, 분하지 않아요?"

"어? 아니 뭐, 그야……."

당연하다.

오랫동안 이곳 지점을 맡았고, 이번에는 『대박』 사업을 건져내는 큰 공까지 세웠다. 원래는 추후에 왕도 본점으로 돌아가서 출세하거나, 최종적으로 총지배인이나 독립하는 것도 꿈이 아니었을지도 모르겠다.

그런데 위에서 횡포를 부린 바람에 모든 것이 물거품이 되고 말았으니까.

새로운 지점장을 맞이하여 그의 오른팔이 된다거나, 교대하여 왕도 본점에서 근무하게 됐다면 또 모르겠다.

새 지점장이 측근까지 왕도에서 데려왔다는 것은 공을 모조리 가로채겠다는 심산이겠지.

……그리고 전 지점장을 종업원으로 강등?

그럼 안 되지—.

"헌신짝 취급을 받았는데도 그냥 참아요? 무노 씨의 경력이라면 다른 대형 상회에서 받아주지 않겠어요? 전직 같은 건 고려 안 해요?"

내가 그렇게 말하며 살짝 찔러봤더니…….

"뭐, 실은 그것도 가능하긴 합니다만, 그러기 위해서는 조건이 따를 겁니다. 아마 클리어할 수 없는 조건이……."

"어? 어떤 조건?"

"레리나스 상회가 제 악평을 흘리거나, 이직처에 여러모로 압력을 가하거나, 『저 녀석을 고용했다가는 거래를 끊겠다』고 방해하지 않아야만 가능합니다."

"아~."

국토는 넓어도 업계는 좁다.

대형 상회가 그런 짓을 벌인다면 제아무리 뛰어난 사람일지라도 손쓸 도리가 없겠구나.

……보통이라면.

응, 『보통이라면』 그렇겠지.

"근데 무노 씨는 어느 파벌이었어요? 장남파? 아니면 차남파? 뭐, 이 상황에서 차남파일 리는 없나……."

"전 상층부의 권력 다툼에는 흥미가 없고, 그저 가게의 이익과 손님의 만족도만 생각하며 살아온지라……. 뭐, 굳이 말하자면 『중립파』라고 해야 할까요……. 물론 그런 파벌은 존재하지 않으니 단순히 어느 쪽에도 과도하게 기울어지지 않은 부유층(浮游層)이라고 해야 할까요…….”

“아~, 짓밟더라도 반대 파벌이 비호하거나 대신 비난해주지 않는 최적의 발판이구나…….”

먹잇감으로 삼기에는 적보다는 중립파가 더 편리하긴 하지.

“그래서 그 교대 인원은 언제 와요?”

“모레입니다. 일부러 연락 편지를 아슬아슬하게 늦게 보냈는지 방금 받았습니다만…….”

무노 씨에게 무언가를 할 여지를 주지 않고 후다닥 교체해버릴 셈인가?

이거 보아하니 인수인계를 마친 뒤에 무노 씨를 홱 버릴 것 같네…….

뭐, 일단은 『리틀 실버』의 거래 상대이자 친구다. 아이들에게 과자를 준 적도 있었다.

그렇다면…….

“좋은 제안이 있는데 가담하지 않을래요?”

“어?”

“내일 점심에 『빅 골드』 일원들을 우리 집에 불러주겠어요?”

“어어어?”

응, 『빅 골드』란 영주, 상인들, 그리고 우리를 포함한 뒷거래 그룹의 조직명이다.

우리와 앞으로 자라날 아이들과의 조직인 『리틀 실버』에 대응하는, 이미 다 자라난 돈의 망자들의 집단이라서 『빅 골드』.

……나에게 네이밍 센스를 기대하지 마!

**

"흠, 여기가 타보라스인가……. 항구 도시라서 신선한 생선 요리를 먹을 수 있는 것 말고는 보잘것없는 동네구만……."

상인으로 보이는 네 남자들 중 가장 젊은 사람이 도시의 대로를 걸으면서 그렇게 말했다.

"아뇨, 그래도 여긴 로디리히 님을 영광으로 이끌어줄 계단의 첫 번째 단이거든요. 논의를 얼른 마쳐서 거래를 궤도에 올린 뒤 큰 공적을 들고서 왕도로 개선한다면 정식으로 후계자로서 지명을 받을 수가……."

"흐음, 그도 그런가……. 머무는 기간도 얼마 안 되고, 미래에 자서전을 쓸 때를 위해서라도 제대로 해야겠구만."

"예, 맞습니다!"

왕도에서 데려온 측근들이 뻔히 보이게 알랑거리자 젊은이는 기분이 좋아졌다.

그 문제의 대형 상회의 둘째 도련님이었다.

결코 바보는 아니지만, 자신의 지시에 거역하지 않고 시키는 대로 따르는 사람만을 곁에 두기에 그 측근들은 안전장치(세이프티)로도, 제한장치(리미터)로도 기능하지 못했다. 반대로 나쁜 방향으로 나아가도록 부추기는 증폭기(부스터)가 되거나, 브레이크 패드에 기름을 끼얹고 있는 듯했다.

"우선 지점에 가서 부임 선언부터 해보지. 그 후에 오늘밤은 아침까지 코가 비뚤어지도록 마셔볼까!"

"오오, 좋군요!"

"그럼 가시죠!"

로디리히는 딱히 무능하지 않다. ……이 세계의 부잣집 철부지 치고는.

그러므로 거리에서 술을 마시고서 취한 상태로 지점에 가지 않았고, 자신에게 충성을 맹세한 부하들에게 좋은 모습을 보여주려고도 했다. 그리고 결코 상회의 후계자로서 걸맞지 않은 모습……본인의 기준에서……을 드러내지도 않았다.

**

"오늘부터 이곳 최고책임자로 발령받은 새 지점장인 로디리히다!"

지점에 도착하여 안에 들어가자마자 로디리히가 그렇게 선언했다.

누구를 콕 집은 것은 아니고, 상점 안에 있는 모두를 향한 말이었다.

보통은 점원 중 하나를 불러서 전임자에게 안내해달라고 부탁한 뒤 그 후에 종업원들이 다 모인 자리에서 전임자가 소개하는 것이 상례였다.

……즉, 정식으로 인수인계를 하기 전부터 이미 지점장으로서 행세하며 전임자를 무시했다는 뜻이다

손님을 상대하는 상점 안에서 그런 짓을 벌인다면 상식을 의심받게 된다.

손님들이 모두 하층민인 것은 아니었다. 개중에는 다른 상점에서 꽤 높은 위치에 있는 사람도 있고, 귀족 저택에서 일하는 사용인이 비번 날에 사복 차림으로 오는 경우도 있었다.

그런데도 가게 안에서 이러한 언동을…….

로디리히도 왕도 본점에서는 언동에 유념했다.

사실 속으로는 종업원이나 손님들을 우습게 여길지라도 겉으로 거의 내색하지 않고 가면을 써왔다.

그런데 왕도를 떠나서 최고책임자가 되어 아버지의 눈에 닿지 않은 곳에 왔다.

그것도 경력을 쌓기 위해 아주 잠시 머물 곳.

현지에서 고용한 종업원들이 이 지점을 떠나 왕도 본점으로 올라올 일은 없었다. 지방에서 근무하는 현지 노동자에 불과했다.

본점에서 파견된 전임자와 몇몇 기간요원들은 종업원으로 강등시켜, 부려먹으면서 퇴직을 종용한다.

왕도 본점으로 돌아가서『모든 공적은 새로운 지점장인 로디리히 님의 것』이라는 보고에 이의를 제기하기라도 하면 곤란하니까.

이곳 영주님과 체결한 거래는 처음부터 전부 자신의 실력으로 이끌어 낸 것. 그렇게 보고하고서 아버지가 그대로 종업원들에게 발표할 테니까⋯⋯.

그렇게 생각하고 있으니 로디리히가 이곳에서 긴장을 풀고서 본성을 어느 정도 드러낼 수밖에 없었겠지.

그래, 왕도에서는 여러모로 참았으니 이곳에서는 내키는 대로 행동하고 싶다고 생각할 만도⋯⋯.

한 점원이 이 사실을 알리기 위해 황급히 안으로 달려갔다. 그리고 한 점원은 로디리히 일행을 안쪽으로 안내했다.

⋯⋯손님이 있는 상점 안에서 가게의 품격을 떨어뜨릴 만한 발언을 또 한다면 곤란하므로⋯⋯.

**

"어서 오십시오. 전임자인 무노입니다."

"음, 내가 여기 지점장이 된 로디리히다. 지금부터 너희들은 보통 종업원으로서 나랑 얘네들 밑에서 일해. 명령을 내리면 전부 무조건 따라라."

로디리히는 그렇게 말하고서 무노와 그 옆에 서 있는, 무노가 부임할 때 왕도 본점에서 동행했던 세 핵심 요원들에게 본인이 데려온 수하들을 손으로 가리켰다.

실무는 전임자들에게 맡기고, 본인들은 위에서 지시만 내릴 작정이겠지.

그러나…….

"아뇨, 그건 승복할 수가 없습니다."

무노가 안타깝다는 얼굴로 로디리히에게 말했다.

"……어?"

로디리히는 순간 그 말뜻을 이해하지 못하고 어리둥절해했다.

그러나 이내 제정신을 차리고는…….

"무, 무슨 소리야! 종업원이 된 너희들한테 지점장인 내게 거역할 권리는 없어! 명령에 따르지 않겠다면 너희들을 즉각 잘라버리겠다!!"

"알겠습니다."

로디리히가 얼굴을 새빨갛게 물들이며 호통을 치자 무노가 고개를 크게 끄덕였다.

"흠, 알아먹었다면 당장 인수인계를…….."

로디리히가 비웃는 것 같은 얼굴로 무노에게 그렇게 재촉했으나…….

"잘라버리겠다는 명령을 받았으니 현 시간부로 전 레리나스 상회에서 해고됐습니다. 그럼 실례하겠습니다…….."

"뭐라! 자, 잠깐, 대체 무슨 소릴…….."

로디리히는 무노를 붙잡으려고 했으나…….

"그럼 저희들도 이만…….."

무노 옆에 있던 세 사람도 그렇게 말하고서 고개를 숙였다.

"어…….."

"방금 로디리히 님께선 해고 대상자로 『너희들』이라고 말씀하셨습니다. 그러니 당연히 저희 세 사람도 그 대상이 아닐는지……."

핵심 요원인 지배인들이 말하자 로디리히와 측근들이 경악했다.

인수인계도 하지 않고 지점의 네 중역이 그만둔다면 가게는 엉망진창이 된다.

더욱이 영주와 얼굴을 마주하지 않는다면, 다시 말해 소개를 해주지 않는다면 아무것도 시작할 수가 없다.

애당초 실무를 저들에게 맡길 작정이었는데 그만둬버린다면 뾰족한 수가 없었다.

"네, 네놈들, 레리나스 상회를 적으로 돌리고서 이 나라에서 상인으로 일할 수 있을 것 같으냐!"

로디리히가 분노에 찬 얼굴로 버럭버럭 외쳤다. 그러나 무노는 시원한 얼굴로 대답했다.

"아뇨, 일자리야 얼마든지 있지요. 꼭 상점에서 일해야만 하는 것도 아니고요……."

다른 세 사람도 웃으면서 고개를 끄덕였다.

"뭐! 네, 네놈들, 지금껏 거둬줬던 레리나스 상회를 향한 은혜도 모르는 것이냐!"

로디리히가 호통을 치자 무노 일행이 난감해하며 어깨를 들먹였다.

"아뇨, 저희들은 일을 하고서 그 대가로 급료를 받았을 뿐이거든요……. 설령 은혜를 조금이나마 느꼈을지라도 아무 과실도 없이 느닷없이 종업원으로 강등됐고, 해고 선언까지 받은 마당에 그딴 건 사라져버렸습니다. 오히려 원한만 가득 품을 거라 생각하지 않습니까? 그런 상회를 두 번 다시 신용하지 않겠다, 두 번 다시 돕지 않겠다고 생각하는 게 그리도 이상합니까?"

"끄응…….."

직접『해고한다!』라고 단언한 것은 아니었다.

그러나『명령에 따르지 않겠다면 너희들을 즉각 잘라버리겠다!!』라고 했다.『명령을 무조건 전부 따르라』라는 명령에 따르지 않겠다면 그것은 즉『해고』를 의미했다.

그리고『명령을 무조건 전부 따르라』라는, 범죄 행위도 전부 포함된 것 같은 그런 위험한 명령을 받들 리가 없었다.

종업원에게 그러한 명령을 내렸다는 사실이 다른 상점에 알려진다면 실소할 뿐만 아니라『종업원에게 그러한 더러운 일도 태연히 명령하는 상회』로서 위험하게 바라볼 것이다.

그리고 무노 일행은 방에서 나가 그대로 가게를 떠났다.

이미 개인용품은 어제 옮겨뒀고,『불필요한 서류』는 전부 처분을 마쳤다.

다른 종업원들에게는 사전에 이렇게 될 가능성을 설명해뒀다.

그리고 그 결과…….

✲✲

"뭐! 종업원들 중 태반이 그만뒀다고!"

부임한 날 밤, 로디리히는 무노 일행에게 욕설을 퍼부으며 측근들과 폭음했다. 그리고 이튿날 점심 즈음에 지점장실에 얼굴을 비치자마자 그 보고를 받고서 경악했다.

"예, 예……. 어제 로디리히 님께서『종업원한테는 지점장인 내게 거역할 권리는 없어!』,『명령에 따르지 않겠다면 너희들을 즉각 잘라버리겠다!!』라고 하신 걸 듣고 두려움을 느꼈던 모양인지…….."

물론 그것은 로디리히가 자신의 첫 명령을 따르지 못하겠다고 대꾸했던 무노 일행을 한바탕『따끔하게』나무라서 순종시키기 위한 말이었다. 그러나 워낙 큰 소리로 호통을 쳤던 바람에 다른 종업원들의 귀에도 들렸고…… 그리고 그 직후에 인망이 있었던 전 지점장을 비롯한 수뇌진이 모두 해고됐다.

후임자는 상회주의 차남이자, 종업원 따윈 쓰다가 버리는 도구로밖에 생각하지 않는 쓰레기 남자와 그 딸랑이들.

그리고 신변에 위험을 느낀 여성 종업원들 대부분이 즉각 사직했다.

남성 종업원들은 상점의 장래에 위기를 느끼고서 잇달아 사직했다.

고민하거나 상사와 논의를 하거나, 정식으로 퇴직을 청원한 게 아니었다. 그날 중에 퇴직서를 쓴 뒤 로디리히 일행이 술을 마시러 나가자마자 제출했다. 그러고는 개인용품을 챙겨서 그대로 떠나버린 듯했다.

가게에 남은 사람은 다음 일자리를 찾지 못할까 봐 불안해하는 사람, 새로운 지점장의 눈에 들어 출세를 꾀하려는 사람, 그리고 상회주의 차남인 로디리히를 유혹하여 미래의 상회주 부인 자리를 꿰차려는 여성 정도였다.

로디리히가 왕도로 돌아갈 때 지방 도시의 종업원이나 현지 여성을 데려갈 리가 없다는 것도 모른 채……

＊＊

"지금쯤 얼굴이 창백해졌겠네……"

"예, 아마도."

내가 사악한 얼굴로 아침 겸 점심(브런치)을 먹으며 중얼거리자 무노 씨가 대답했다.

평소에 『리틀 실버』는 하루에 세 끼를 먹지만, 오늘은 시간 사정상 브런치를 먹었다.

너무 이른 시간에 모이기에는 멤버들이 너무 호화로운지라…….

그래, 수수께끼의 비밀결사, 『빅 골드』가 집회를 연 것이다.

참가 멤버는 나, 영주님, 영주님의 가령, 무노 씨, 세 상인들.

식사를 하면서 나누고 있는 화제는 물론 그 둘째 도련님 건.

그러나 다들 이맛살을 찌푸리면서 골치 아픈 표정을 짓고 있지 않았다. 왜냐면…….

"계획대로……."

응, 이미 작전은 이틀 전에 세워졌다. 지금은 진척 상황을 확인하고 있을 뿐이니까.

그리고 현재는 별문제 없이 진행되고 있었다.

그래서 다들 즐겁게 환담을 나누는 중이었다.

"우리 쪽에 전직하겠다고 사전에 결정해준 사람들 외에도 새 지점장이 너무나도 위험할 것 같아서 갑자기 전직을 결심해준 사람도 있습니다. 애초에 제안도 하지 않았던 사람을 빼고서 잔류한 사람은 거의 없습니다."

"짐 덩어리와 문제아를 남겨두고 훌륭한 인재를 쏙 빼온다. 잘됐네요……."

그래, 다음 직장이 확실히 정해져 있고, 그곳의 고용조건이 현재보다 더 좋고, 신뢰할 수 있는 전 상사 밑에서 일할 수 있다. 이러한 조건들이 갖춰졌기에 다들 일제히 그만둔 거야. 레리나스 상회 지점에서.

그렇지 않다면 부양가족이 있는 사람이 현 직장을 쉽게 그만둘 수 있을 리가 없다.

그래도 막 생긴 새 상점으로 옮기는 것은 불안하다느니, 레리나스 상회를 적으로 돌리는 건 두렵다면서 제안을 거절하고서 잔류한 사람도 있긴 했지만, 그건 어쩔 수 없었다.

레리나스 상회를 적으로 돌리고 싶지 않다고 했는데, 왕도에서 장사를 하고 있다면 모를까, 이런 지방 도시에서 두려워할 필요가 있나 싶었다. 지점도 하나밖에 없고.

……그것도 머지않아 사라질 것 같지만.

그리고 우리는 지금부터 왕도로 진출할 생각인데 말이야.

물론 지점의 종업원들을 거둔 곳은 『리틀 실버』가 아니었다.

그리고 왕도로 진출하는 곳 역시…….

그것은 무노 씨가 세운 신흥 상점 『타보라스 상회』의 역할이었다.

상회명에 무노 씨의 이름을 쓰지 않고 이 도시의 이름을 넣은 이유는 상품 출처를 오해할 여지가 없도록 확실히 표시하고, 영주님이 배후에 있음을 명시하기 위해서였다.

영도의 이름이 들어간 상회가 영주님과 사이가 나쁠 리가 없으니까.

그리고 본점은 왕도가 아니라 이 도시, 타보라스에 둔다.

그렇게 해두면 왕도의 다른 상회나 귀족들의 간섭을 피하기가 쉬워질 테니까.

누가 뭐라고 하더라도 왕도 지점의 지점장이 『일개 고용 종업원에 불과한 제게는 약속할 만한 권한이 없습니다』라느니, 『그건 상회주한테 말씀하십시오』라고 말하면 끝난다.

또한 중개를 부탁하더라도 질질 끌 수가 있다.

거리는 최대의 장벽이야, 응.

무노 씨의 신흥 상점 『타보라스 상회』는 『리틀 실버』, 영주님,

그리고 세 상인들이 공동으로 출자하여 설립했다. 물론 무노 씨들도 저금을 전부 투자했다.

다시 말해 『타보라스 상회』를 적으로 돌린 사람은 그 모두를 적으로 돌리는 셈이다.

……특히 영주님을.

영도의 이름을 쓰도록 허가를 해줬고, 영주 본인이 출자까지 했으며 영지가 발전하길 바라고서 설립한 상회.

그 상회에 공격을 가했다가는 제아무리 대형 상회이든 귀족이든 그냥 넘어가지는 못하겠지.

응, 뭐, 그런 거다.

"그럼 예정대로 전 바로 왕도로 향하겠습니다."

무노 씨는 왕도에서 지점을 세워야만 한다.

타보라스 상회의 왕도 지점 말이지.

본점은 어디까지나 이 도시에 있다.

더욱이 무노 씨는 레리나스 상회에 얼굴을 비치고서 정식으로 퇴직서를 내야만 한다.

그 둘째 도련님이 자기 입맛에 맞는 보고를 올렸다가 무노 씨를 비롯한 직원들이 레리나스 상회에 불성실한 짓을 저질렀다는 이야기가 나돌기라도 하면 곤란하니까.

둘째 도련님이 노움 씨 및 직원들에게 도저히 받아들일 수 없는 명령을 내리고서 일방적으로 해고했다는 사실이 상회주와 왕도의 다른 상점들에 퍼져나가야만 한다.

타보라스 상회는 의리가 두텁고 약속을 지키는 상회라는 평판을 지켜야만 하니 말이야.

그리고 지점이 궤도에 오른다면 이제는 지점장과 그 보좌……이곳에서 무노 씨를 지탱해왔던 세 사람 중 둘……에게 맡기고서 무노 씨는 이곳으로 돌아와 본점을 관리한다.

물론 레리나스 상회에 납품했던 우리 상품은 모조리 무노 씨의 상점에 돌린다.

그리고 새 지점장 때문에 불거진『영주님이 신뢰했던 전 지점장을 멋대로 종업원으로 강등한 것도 모자라서 해고한 끝에 영주님의 신용을 얻기는커녕 심기를 거슬러서 모든 거래가 끊어지게 만든 어리석고 무능한 남자』라는 소문이 이 도시 안에 퍼진다면 당연히 금세 왕도에까지 전해지겠지.

……응, 어째선지 굉장히 빠른 속도로…….

**

"다녀~."

"어서~."

레이코가 귀환했다.

"이상은?"

"딱히 없음. 아, 레리나스 상회가 우릴 적대해서 이곳 지점을 뭉개버릴 거야. 후임은 무노 씨가 일으킨 신흥 상점. 우리가 자금을 원조했어. 무노 씨는 지금 왕도 지점을 세우기 위해 왕도 중심부에서 분투하는 중."

"아아, 그래……. 아니, 그게 무슨 『이상 없음』이야!"

레이코가 딴죽을 걸었지만, 뭐, 일상이다.

"그래서 레리나스 상회 지점이 어떻게 됐는데?"

"종업원 중 80퍼센트가 퇴직. 대부분은 무노 씨가 세운 상점으로 이적. 남은 사람은 이적 제안조차 하지 않았던 『짐 덩어리』와 신흥 상점의 미래를 불안하게 여긴 식구가 딸린 부양인, 상사가 통째로 빠져나가서 자신이 그 후임이 되어 출세할 수 있으리라 기대한 바보들. 제아무리 승진했더라도 정말로 성실하게 일했던 종업원 중 80퍼센트나 빠져나갔는데, 가게가 제대로 돌아갈 거라고 생각했나……. 정상적인 직원들이 한꺼번에 그만두고서 찌꺼기만 남아 미래가 없는 가게에 새롭게 취직하려는 사람이 과연 얼마나 있을는지……. 참고로 새 지점장이랑 측근들은 영주님이 전혀 상대해주지 않는대. 지방 도시에서는 소문이 훨씬 빨리 퍼져나가니까. 새 지점장이 필사적으로 영주님과 면회를 하려고 애쓰고 있지만, 『영주님께서는 소개인도 없이 다짜고짜 영업하러 찾아온 상인 따윈 만나지 않으십니다』라면서 문전박대. 새 지점장이 자신은 영주님과 거래를 해왔던 레리나스 상회의 새 지점장이라고 아무리 호소해도 『영주님께서 거래하셨던 사람은 무노라는 상인이고, 그 거래는 지금도 계속되고 있다. 로디리히라는 상인 따윈 모른다』면서 쌀쌀맞게 퇴짜를 놓고 있고."

"아~……."

"그리고 새 지점장은 중개를 부탁하려고 무노 씨를 찾았지만, 당연히 지점 내 거주구역에서 진즉에 퇴거했지. 거리 안을 찾아도 모습이 보이질 않을 테고. ……물론 무노 씨의 가재도구는 새롭게 마련한 무노 씨의 상점『타보라스 상회』본점 내 주거구로 옮겼고, 무노 씨는 이미 왕도로 향했어. 뭐, 만약에 무노 씨를 붙잡는다고 하더라도 이미 해고가 된 옛 직장을 위해서 움직여줄 의리는 없겠지. 그것도 본인들을 일방적으로 해고했던 전 상사를 위해서……. 인수인계도 하지 않고 해고한 녀석의 잘못이야!"

"아~."

레이코가 기가 막힌다는 표정을 지었다.

하지만 이런 수법은 레이코의 장기잖아!

나는 그저 학생 시절 때 그 장면을 여러 번 보고서 배웠을 뿐이다.

"어쨌든 무노 씨의 가게에는 상점주가 없지만, 종업원들 입장에서는 가게 위치와 이름만 바뀌었을 뿐 할 일은 종전과 똑같아서 문제없이 운영되고 있어. 반면에 레리나스 상회 쪽은 실제 전력의 대부분이 빠져나갔고, 남은 사람들은 대부분 무능한 사람들이니까. 유일한 의지처인『처자식을 책임지는 처지에서 모험을 하고 싶지 않은 평범한 종업원들』도 의지할 만한 상사와 부릴 만한 부하가 한꺼번에 사라져버렸고, 게다가 거래처까지 그대로 빼앗겨서 대혼란에 빠졌겠지……."

응, 문제는, 없어, 없어!

**

"오랜만에 뵙습니다……."

"음, 오랜만이군. ……근데 네가 왜 지금 여기 있는 것이냐? 지금 로디리히한테 지점장 업무를 인수인계하고서 새 지점장을 보좌하고 있어야 하건만……."

왕도에 도착한 무노는 두 부하……『타보라스 상회 왕도 지점』의 지점장과 부지점장이 될 사람……를 데리고서 레리나스 상회 왕도 본점을 찾았다.

상회주인 드레인에게 인사하기 위해서였다.

"예, 새 지점장인 로디리히 님께서 왕도 본점에서 파견됐던 저희 네 사람을 종업원으로 강등한 뒤 이내 해고 조치까지 내리셨습니다. 그래서 그 사실을 주인님께 보고할 겸 작별 인사를 드리려고……."

"뭐, 뭐라!"

드레인의 눈이 휘둥그레졌다.

역시나 조금 놀란 듯했다.

몇 년 전에 무노와 직원들을 지방 도시 지점으로 보냈지만, 그들에게 무슨 억하심정이 있었던 것은 아니었다.

일반 종업원은 현지에서 고용해도 상관없지만, 지점장과 그 직속 부하는 본점에서 파견해야만 하므로 적당한 사람을 보냈을 뿐이었다.

그리고 차남의 편이 되어줄 사람은 본점에 두고 싶었고, 장남파 직원을 지방에 보냈다가는 불만의 씨앗이 될 것 같고, 그리고 본인의 눈이 닿지 않는 지점에서 무언가를 획책할까봐 우려했다. 그러므로 후계자 다툼에는 전혀 흥미가 없고, 중립에다가 진지하고 신용할 수 있는 무노는 절호의 지점장감이었다.

무노는 악행을 싫어해서 본점에서는 쓰기가 조금 껄끄럽지만, 지점에 보낸다면 문제가 없다.

드레인은 정직하고 진지한 무노를 결코 싫어하지 않았다.

"……."

로디리히가 본인에게 도움이 될『유용한 말』인 무노를 어째서 해고했는지 알 수가 없었다.

그러나 로디리히가 지점장으로서 실시한 인사 조치였다. 사정도 확인하지 않고 자신이 부정하고 취소했다가는 로디리히의 얼굴에 먹칠을 하는 꼴이었다. 그것은 즉, 로디리히가 지점장으로서 무능하다는 것을 드러내는 셈이다.

……그럴 수는 없었다.

그랬다가는 로디리히가 장남 라사르보다 유능하다는 걸 다른 중역들에게 보여줄 수가 없다.

아마도 상층부는 자신이 데려갔던 측근들로 채울 작정이겠지.

드레인은 그렇게 생각하고서 최선의 수는 아니지만, 차남 로디리히의 방식을 굳이 수정할 필요는 없다고 판단했다.

"……미안하군. 지점에 관한 사항은 로디리히한테 전권을 위임했다. 무노와 직원들이 지금껏 일해 오면서 보여줬던 성과에 충분히 만족하고 있다만, 지점장이 실시한 인사 조치에 이래라저래라 할 수 없는 처지다……."

역시나 죄책감이 조금 들었는지 드레인이 말끝을 흐렸다.

그리고 무노는 그 빈틈을 물고 늘어졌다.

"주인님, 오랫동안 신세를 졌습니다. 그리고 작별을 앞두고서 한 가지 부탁드릴 게 있습니다."

"응? 뭐냐, 말해봐라."

조금 경계했지만, 무노는 결코 과도한 부탁을 할 만한 사람이 아니다. 그러므로 드레인은 재촉했다.

"예, 저희들은 앞으로 새로운 일을 찾아야만 합니다. 이런 때에 남들이 『대형 상회에서 해고되다니 무슨 부정한 짓을 저지른 게 아닌가?』하고 오해한다면 대단히 곤란합니다. 그래서 주인님께서 『가게 사정으로 이 자들을 쉬게 했다. 결코 문제를 일으키지 않았다』라는 사실을 증명하는 친서를 써주셨으면……."

"음……."

분명 무노와 직원들에게는 잘못이 없었다.

모두 진지하고 성실한 사람들이었다.

그리고 무엇보다 이번에는 로디리히가 잘못했다.

이대로 이들을 매몰차게 대한다면 로디리히를 비난하는 악평

이 나돌 가능성이 있었다.

그렇다면 그 정도쯤은 써줄 수도 있겠지.

문서 한 장으로 감사를 받을 수 있다면 싸게 먹히는 것이다.

드레인은 그렇게 생각하고서 고개를 크게 끄덕였다.

"좋지. 오랫동안 충의를 다 바쳐왔으니 그 정도쯤은 해주겠네."

그 말을 듣고서 무노와 직원들은 고개를 숙였다. 일그러진 입꼬리를 숨기듯.

(((계획대로…….)))

추가 이야기1 아이들

"카오루 님이랑 두 분은?"

"지하. 아마도 내일은 점심 때까지 일어나지 않을 거야. 쿄코 님도 돌아오셨으니 어차피 술자리(늘 하는 것)를 가질 테니까……."

"……그리고 술 냄새를 풀풀……."

"그럼 내일 아침은 거르고, 대신에 이른 점심으로 가볍고 담백한 음식을 먹을까……."

끄덕끄덕끄덕!

아이들은 이미 카오루 일행을 다루는 법이라고 해야 하나, 그 생활 패턴을 꿰고 있었다.

그리고 카오루 일행이 식사를 하지 않으면 자신들도 먹지 않았다.

카오루 일행이 그 사실을 알아챘다면 어른들이 없을 때도 아이들은 세끼를 제대로 챙겨 먹으라고 명령했겠지. 그러나 본인들이 없었기에, 다시 말해 그 광경을 목격하지 않았기에 그 사실을 눈치채지 못했다.

"……근데 여신님도 술을 마시는구나……. 그리고 술주정까지……."

다섯 아이들 중 최연소이자 유일한 남자애인 아랄이 그런 소박한 의문을 던졌더니…….

"술의 신님도 있다고 카오루 님이 말했잖아."

아랄을 가장 잘 돌봐주는 미네가 그렇게 설명했다.

이 세계에서 종교는 여신 세레스티느 님을 신앙하는 유일신교 밖에 없다.

그러나 카오루는 『그런 존재를 절대시했다가는 좋은 꼴 못 볼 거야. 가공의 신이 아니라 실존해서 더더욱 고약해』라고 생각했다. 그래서 아이들에게 『신도 여러 신들이 있고, 그 가르침에도 여러 의미가 있어. 한 신이 말한 것을 그대로 받아들이지 말고 그 속에 담긴 의미를 생각하거나, 다른 신의 말과 비교할 필요가 있어』하고 가르쳤기에 이 아이들은 여러 신들이 존재한다고 믿었다.

……어차피 신이 직접 그렇게 말했으니 신전 신관들이 뭐라고 하든 그쪽을 믿을 리가 없었다.

뭐, 그 이전에 카오루 일행 셋을 이미 여신이라 믿는 아이들에게 세레스티느 이외의 신이 존재한다는 것은 자명한 이치였지만…….

＊＊

이튿날, 아이들이 예상했던 대로 점심쯤에 세 사람이 카오루의 방에서 줄줄이 나왔다.

숙취 따윈 포션을 사용하면 단번에 날려버릴 수 있지만, 그래서는 흥취가 없고 스스로에게 관대해서는 안 된다고 생각하여 애써 그대로 놔두기로 했다.

그리고 아이들이 차려준 아침 겸 점심(브런치)을 먹은 뒤 차를 마시면서 카오루가 아이들에게 사죄했다.

"아~ 미안. 오전에 해야 할 작업 지도를 빼먹었습니다……."

"아, 아뇨, 예정표대로 진행해뒀으니 문제없습니다!"

"어……."

미네가 대답하자 카오루가 놀랐다.

"너무 야무지잖아……."

레이코가 그렇게 말했지만 새삼스러울 것도 없었다.

아이들은 이제 카오루 일행이 일일이 지시하지 않더라도 스스로 논의하고 판단하여 일을 진행시킬 수 있다.

가장 연장자인 이리조차 아직 열 살밖에 안 됐는데…….

"뭐, 오후에는 예정대로 수업을 할 거야. 공부를 제대로 해두지 않으면 장래에 되고 싶은 직업을 갖지 못할 테니까. 다양한 지식을 쌓아두면 선택지가 늘어나니 장래 취직을 힘내자!"

"……어? 장래 취직을 위해서라니……. 저희들은, 이미 여기 취직해서 일하고 있는데요?"

카오루가 말하자 미네가 아연실색하는 눈치였다. 그리고…….

"호, 혹시, 우리들, 버려지는 거야? 버림받고서 여기서 쫓겨나는 거야?"

"""""우와아아아아아아~앙!!"""""

"아와와! 아니, 그렇지 않아! 그런 말이 아냐! 다들 여기에 계속 있어도 좋아! 단지 다른 직업이나 여러 지식을 공부하길 바랐을 뿐이야! 다른 뜻은 없어, 정말이래도!!"

아이들이 큰 소리로 서럽게 울어대자 카오루가 당황하여 황급히 달랬다.

이 아이들은 부모에게 버림을 받았거나 사별했다. 그것도 모자라서 고아원에서 팔려나가 고초까지 겪었다. 이런 부분에는 민감하게, 과도하게 반응한다는 것쯤은 당연히 알고 있었다.

그런데 부주의한 발언 때문에 아이들을 불안케 하고 말았다. 카오루가 안달하는 것도 당연했다.

(((((계획대로…….)))))

아이들이 고개를 숙이고서 카오루가 표정을 볼 수 없는 자세로 사악하게 웃었다.

그래, 아이들은 어렴풋하게 짐작하고 있었다. 카오루 일행이 『리틀 실버(이곳)』에서 떠나보내기 위해 아이들에게 교육을 실시하고 있음을…….

왜냐면 그것은 고아원 초대 원장 선생님의 방식과 동일했기 때문이었다.

그러나 성인이 되면 반드시 나가야만 하는 고아원과 달리 이곳은 계속 일해도 될 터. 그리고 여신님들을 위해서 일할 수 있는 더할 나위 없는 행운이 고아인 자신들에게 다시 찾아올 리가 절대로 없다.

아이들은 그렇게 확신하므로 『리틀 실버』에 필사적으로 매달리는 게 당연했다.

그래서『만약에 자신들을 딴 데로 내보내겠다는 이야기가 나온다면 전력으로 막는다』,『이곳에 줄곧 머물 수 있도록 언질을 받아둔다』라는 방침을 예전부터 다 함께 논의하여 세워뒀다.

카오루 일행을 향한 감사와 존경과 숭배와 충성심엔 흔들림이 없었다.

……그러나 이 아이들은 그 범위 안에서는 상당한 수완가였다…….

추가 이야기2 쿄코의 대모험

"자, 어디로 갈까⋯⋯. 소녀 여신이 전생시켜줬고, 잘 구워삶아서 선박 치트 능력까지 무사히 획득하여 안전과 안정된 생활을 확보했으니 초조해할 필요는 없고⋯⋯."

그래, 거대한 배와 장비품, 적재되는 짐까지 자유롭게 입수할 수 있으니 의식주는 궁핍하지 않았다.

카오루와 신체 성능이 동일하니 시간은 얼마든지 있다. 다치거나 병에 걸려서 죽지 않는 한⋯⋯.

그리고 물론 배에는 최첨단 의료시설이 탑재되어 있었다.

더욱이 만약에 무슨 문제가 벌어지더라도 카오루와 합류한다면 포션 한 병이면 단번에 해결할 수 있다.

그래서 쿄코는 하나도 초조해하지 않고 여유만만했다.

"근데 그 소녀 여신⋯⋯ 세레스티느 짱, 카오루랑 레이코 곁에 전생시켜줬으면 좋았을 텐데, 뭐가 『그러면 재미가 없잖아 게다가 카오루 짱이랑 합류하기 전에 이 세계를 조금이라도 알아두는 편이 좋을 것 같아서⋯⋯』야."

뭐, 말은 그렇게 했지만 딱히 화난 것은 아니었다.

쿄코 본인도 혼자서 이세계를 즐기고 싶다는 마음이 조금은 있었고, 친구들과 급히 합류해야만 하는 이유도 없었다.

어차피 70년 넘게 기다려왔다. 새삼스레 며칠이나 몇 달쯤이야…….

그래서…….

"뭐, 됐나!"

현재 쿄코는 전생하여 처음으로 내려앉은 땅에서 창조했던 배에 타고 있었다. 인격 부여 컴퓨터가 자동으로 제어하고, 강력한 무기와 로봇병을 탑재한, 바다가 아닌 우주를 항해하는 배였다.

인격 부여 컴퓨터와 로봇이 탑재됐다고 말했지만, 세레스티느의 종족은 『생물과 동일한 수준의 사고 루틴과 감정을 지닌 존재를 다른 생물의 아래에 두는 것은 허용하지 않는다』라는 윤리 규범을 갖고 있었다.

그래서 목소리로 지시를 내릴 수 있고 정보를 분석하거나 질문에 답변도 해주지만, 자신의 의지로 행동하는 것은 불가능했다. 그저 지시한 대로 행동할 뿐이었다.

"아무리 고성능일지라도 단순한 자동 기계일 뿐 동료나 친구는 아닌가……."

쿄코는 조금 쓸쓸한 기분이 들었다…….

**

며칠 뒤 쿄코는 두 척의 배를 추가로 창조했다.

전생하여 처음으로 만들었던 배는 비교적 작은 배였다.

지상에서 창조했기에 남의 이목을 신경 썼기 때문이었다.

그러나 두 번째와 세 번째 배는 우주 공간에서 만들었기에 그러한 제약이 없었다.

그래서 컴퓨터로 자동으로 조종할 수 있어서 다루기가 쉬운 소형 탑재정을 실은 배와, 편리한 장비와 도구, 물자 등을 싣고 있는 배를 택하였다. 그 두 척의 배를 이 혹성의 상공에 띄워두고서 이상한 에너지 반응이 없는지 늘 감시하도록 지시해뒀다.

레이코가 부여받았던 마법 치트 능력으로 사고를 친다면 에너지파나 중력파가 감지되지 않을까 싶어서…….

물론 발레론의 스카이락 후기형(에드워드 엘머 스미스의 소설에 등장하는 초거대 우주선)(직경 1만km 이상) 같은 배는 자제했다.

그리고 쿄코는 혹성 착륙용으로 크기가 조금 큰 탑재정이 아니라 소형 전투정……물론 중력을 제어하여 좁은 곳에도 조용하고 안전하게 내려갈 수 있다……을 사용하여 지상에 내려온 뒤 소형 전투정을 원격 조작하여 모함으로 돌려보냈다.

모함에서 지상으로 전송하는 방식은 왠지 조금 무서워서 패스했다.

전송된 곳에서 신체가 재구성되는 것은 상관없지만, 전송하는 곳에서 신체가 분해된다면 자신이 그 자리에서 죽는 게 아닌가 싶어서 몹시 두려웠던 듯했다.

확실히 『맞은편에 당신과 동일한 신체, 동일한 기억을 갖는 존재를 재물질화할 테니 당신을 이 자리에서 분해해도 문제없지?』

라는 말을 듣고서 아무 걱정도 없이 납득하고서 받아들일 수 있을까? 왠지 무서울 것 같았다.

닥터 맥코이(스타 트렉 시리즈에 등장하는 인물)도 전송은 비판적이었다.

어떤 사람을 처음으로 전송할 때 실제로 그 사람은 그 시점에 죽은 게 아닌가, 하고 주장하면서……

영혼까지 확실하게 전송되는가?

전송된 사람은 영혼이 없는 『그저 예전의 기억을 바탕으로 움직이기만 하는 살덩어리』가 아닌가?

……쿄코는 그렇게 생각하고서 전송 기술을 두려워하며 부들부들 떨었다…….

쿄코는 모함의 컴퓨터에 명령하여 이 혹성의 지도를 작성하도록 했다.

그리고 그 후에 자신이 전생하고서 처음 내디뎠던 대륙에 착륙했다.

역시나 그 소녀 여신이 자신을 카오루 일행과 다른 대륙에 떨어뜨릴 리는 없다고 생각하고서.

……쿄코, 세레스를 너무 우습게 봤다…….

아니, 세레스에게 악의가 있을 리가 없었다.

세레스는 그저 깊이 생각하지 않은 거다.

……얕게도 생각하지 않았고.

그저 그뿐이었다…….

**

"카오루랑 레이코의 소문조차 들리질 않아……. 종종 일부러
『수수께끼의 비행물체』를 목격시키거나, 길드에 특이한 의뢰를
하는 등 내 존재를 알 수 있도록 해뒀는데도 아무런 연락이 없
어……. 대체 어떻게 된 거야……."

쿄코가 있는 대륙에도 길드라는 곳이 있었다. 상업 길드, 직인
길드, 그 두 가지를 합한 상공 길드, 용병 길드, 그리고 헌터 길
드 등이…….

카오루 일행이 머무는 대륙에서 왔던 사람이 전해줬는지, 아니
면 옛날에 대륙끼리 교류를 했는지, 아니면 우연히 사회가 비슷
한 형태로 발전한 것인지…….

그리고 쿄코는 카오루 일행에게 전해지도록 대륙 각국의 주요
도시에 이상한 의뢰를 했다.

……일본인밖에 알아들을 수 없는 의뢰, 『버킷에 들어갈 만한
크기의 몬스터, 통칭 「버킷몬」 시리즈에 등장하는 전기 쥐를 포획
해오라는 의뢰』 같은…….

사람들은 보수금도 낮고 아무도 수락하지 않을 만한 엉뚱한 의
뢰를 무시했다. 그러나 만약에 카오루와 레이코가 본다면 반드시
달려들 것이라고 생각했다.

아무도 그 의뢰를 수주하지 않았지만, 길드에 의뢰 수수료를 냈기에 아무 소리도 하지 않았다. 그저 의뢰 보드의 조그마한 공간을 며칠 메웠을 뿐이었다.

물론 쿄코는 현지인과 만날 때 얼굴과 머리색을 바꿨다. 모함에는 그 정도는 간단히 바꿔주는 기계와 약품, 변장 도구 등이 얼마든지 있었다.

이름은 『쿄코』가 아니라 성인 『니시조노』를 사용했다.

『쿄코』라는 이름은 카오루 일행과 합류한 뒤 사용할 생각인지라 그 이름으로 이상한 소문을 퍼뜨릴 수는 없었다. 그러나 전혀 생뚱맞은 이름을 쓴다면 카오루와 레이코가 알아채지 못할 것이다. 그래서 다른 선택지가 없었다.

호신용 장비(배리어 발생 장치)와 특수한 무기(초소형 빔 총) 등을 사용할 때는 최대한 조심스럽게 사용했다. 철저히 평범한 사람(현지인)인 척 생활했다. 그러니 문제가…… 없었을 터였다. 쿄코의 시점에서는.

그럼에도 카오루와 레이코는 자신을 알아차려 줄 것이라고 믿었다.

그런데…….

"젠장, 이렇게 된 이상……."

쿄코가 무언가를 결심한 듯했다. 그리고…….

"필살, 카오루 시뮬레이터!!"

카오루 시뮬레이터.

그것은 쿄코가 카오루의 행동을 예측할 때 사용하는 방법이었다.

레이코와 달리 카오루는 행동 기준이 명쾌해서 행동을 예측하기가 쉬웠다.

더욱이 레이코는 카오루와 단둘이 있을 때는 주도권을 카오루에게 맡기고서 본인은 서포트 역할을 맡는 경우가 많다.

그러니 카오루의 행동을 예측하는 것이 해법이었다.

쿄코는 그렇게 판단하고서 자신이 잘 아는 카오루의 사고방식을 시뮬레이트하기 시작했다.

"이세계에 와서 카오루가 뭘 했을까? 우선은 안전 확보, 의식주 확보, 그리고 비밀 유지. 돈은 이미 모아뒀어. 레이코라는 동료를 얻었어. 지금껏 살았던 곳을 떠나 이동했어. 그렇다면……새로운 거점 확보! 이번에는 혼자만 사는 게 아니라 모든 비밀을 공유할 수 있는 친구가 있어. 그리고 언젠가 내가 올 거라는 사실도 알고 있어. ……그렇다면 예전처럼 주변에 녹아들어 매몰된 채 사는 게 아니라 자유롭게 살 수 있는 『우리만의 장소』, 다시 말해 활동 거점을 마련할 게 틀림없어. 현지 권력자들의 눈에 잘 띄지 않고, 만약에 찍히더라도 잠입하거나 공격하기가 어려운 곳. 그리고 여차할 때 탈출하여 행방을 감추기 쉬운 거점은? ……해저. 지저. 외딴섬. 해저는 드나들기가 번거로워. 지저는 파는 게 번거로워. ……그렇다면 바로 외딴섬이야!"

쿄코는 용량이 무한한 아이템 박스를 이용하여 땅속에 공간을 만들어낸다는 발상을 하지 못했다. 아이템 박스 초보자이니 어쩔 수 없었다.

"둘 다 고립하여 살 만한 녀석이 아니니 육지에서 그리 멀지 않으면서도 물이 맑고 동식물이 풍부한 무인도에 본거지를 만들어 두고서 평소에는 대륙에 위치한 해안 도시의 외곽에서 살고 있을 거야. 신선한 해산물을 먹을 수 없는 곳을 택하진 않았겠지. ……좋아, 조건에 맞는 무인도를 낱낱이 조사!"

＊＊

"……찾아내질 못했어……. 레이코는 아직도 튜토리얼 중인가……. 최초 몇 년 동안은 상황을 지켜보기로 했나? 아니, 혹시 내가 오길 기다려줬을 가능성도 있나? 셋이 다 모인 뒤 본격적으로 활동하기로 마음을 먹었다거나……. 응, 그럴 가능성도 있어! 그렇다면 명성을 떨쳐서 내 존재를 알릴 수밖에 없겠어! 그러려면 헌터 길드에 등록해서 드래곤이라도 쓰러뜨려 유명해질 수밖에 없나……. 이 세계에 드래곤이 있는지 잘 모르겠지만……. 하지만 그 전에 세계를 조금 여행하며 돌아다녀 볼까!"

＊＊

쿄코…… 아니, 『니시조노』는 온 대륙을 날아다녔다.

……관광하면서 놀기 위해.

소형 전투정은 잠을 자기에는 너무 비좁아서 직경 50미터짜리 탑재정을 이용했다.

지구에서 부유층이 소유한 『슈퍼 요트』나 『메가 요트』라 불리는 호화 대형 크루저는 대체로 총길이 80피트(24.4미터) 이상을 가리킨다.

그러므로 164피트(약 50미터)나 나가는 원형 탑재정은 최대 크기의 메가 요트보다 부피가 훨씬 컸다.

그리고 내부 생활 환경은 지구의 고급 호텔보다 더 뛰어났다.

물론 원주민이 탑재정을 발견할 수 없도록 광학 미채로 감춰됐고, 도시의 여관에 묵기도 했다. 돈은 모함에서 합성한, 알이 작고 품질이 썩 좋지 않은 인조 보석을 팔아서 쉽게 구했다.

너무 값비싼 물건을 팔아서 쓸데없이 이목을 끄는 짓은 하지 않았다.

"전 세계를 조금 돌아다닌 뒤 헌터로 등록하고서…… 앗, 근처에서 수수께끼의 고에너지 반응? 컴퓨터, 탐지 목표로 가자! 빨리!!"

그리고…….

"찾았다아아아아아! 착륙용 다리 전개, 하강 준비! 카오루, 날 실컷 기다리게 했겠다……. 자, 이제부터 이 세계에서 우리 KKR은 대모험을 다시 시작하는 거야! ……근데 그 소녀 여신, 날 굳이 다른 대륙에 전생시키는 웃기지도 않은 짓을 벌이다니…….

언젠가 갚아주마……."

　그리고 쿄코는 자신의 목소리를 외부로 전하기 위해서 장치에
손을 댔다.

　『오랜만~!』

Potion Danomi de Ikinobimasu! 8
© FUNA 2022
All rights reserved.
First published in Japan in 2022 by Kodansha Ltd., Tokyo.
Publication rights for this Korean edition arranged through Kodansha Ltd., Tokyo.

포션빨로 연명합니다! 8

2023년 11월 15일 1판 1쇄 발행

저　　　　자	FUNA
일 러 스 트	스키마
옮　긴　이	박춘상
발　행　인	유재옥
총 괄 이 사	조병권
출판본부장	박광운
담 당 편 집	박치우
편 집 1 팀	박광운
편 집 2 팀	정영길 조찬희 박치우 정지원
편 집 3 팀	오준영 이해빈 이소의
디자인랩팀	김보라 박민솔
디지털사업팀	박상섭 김지연 윤희진
라이츠사업팀	김정미 맹미영 이윤서
영업마케팅팀	최원석 박수진 박소연
물 류 팀	허석용 백철기
경영지원팀	최정연
인쇄제작처	㈜코리아피앤피
발　행　처	㈜소미미디어
등　　　록	제2015-000008호
주　　　소	서울시 마포구 토정로222, 403호 (신수동, 한국출판콘텐츠센터)
판매 및 마케팅	(070) 8822-2301

ISBN 979-11-384-8082-6 04830
ISBN 979-11-6190-500-6 (세트)